Het Grote Niets

Bekijk ook onze landingspagina met
achtergrondinformatie over de auteur en het boek op
www.awbruna.nl/boek/romans/nadav-vissel/het-grote-niets/
of scan de QR-code.

Nadav Vissel

Het Grote Niets

SIGNATUUR

2021

Omslagbeeld: © Robert Norbury/Millennium Images, UK
Omslagontwerp: Buro Blikgoed
Foto auteur: © Mariel Kolmschot
Typografie: Pre Press Media Groep, Zeist
Druk- en bindwerk: Wilco, Amersfoort

ISBN 978 90 5672 653 9
NUR 301

Eerste druk, februari 2021

Deze uitgave kwam tot stand door bemiddeling van Sebes & Bisseling Literary Agency te Amsterdam.

Mijn zevende verjaardag

Het begon allemaal op mijn zevende verjaardag. Of eigenlijk was het al eerder. Zolang ik me kan herinneren, hing er een 'Ding' bij ons in de kamer. Dat het te maken had met het volk waarvan mijn ouders vonden dat we ertoe behoorden, wist ik niet, ook niet dat het specifiek hen volgde, waar ze ook heen gingen, als een zwerfhond die je ooit uit compassie een plakje worst had gegeven en die daarna nooit meer wegging.

Ik voelde al van jongs af aan dat het er was, alleen hing er een waas van geheimzinnigheid omheen. Mij werd niets verteld of uitgelegd. Dat deden ze om mij en mijn broer en kinderen in het algemeen er niet mee te belasten. Ironisch genoeg zorgde dat er juist voor dat ik ontdekte wat dat Ding was.

Het begon met een fotoboek.

Het was drie uur 's middags. Het feestje was nog niet echt begonnen. Ik zat in de achterkamer aan het hoofdeinde van de eettafel te tekenen.

Ik was een gewone jongen, die met zijn tekenschrift rondliep, naar school ging, in de speeltuin bij ons huis speelde, die aan moeders en vaders vroeg of ze van appelmoes hielden, die vroeg of ze vaak met hun kinderen speelden of dat ze veel op hun werk waren, of ze hun weleens een klap hadden gegeven, of ze koekjes voor me hadden, hoewel ik dat eigenlijk niet mocht vragen, of hun kinderen alles zelf mochten beslissen, of alle oma's en opa's van hun kinderen nog wel leefden, of ze hielden van verhalen, of ik er een mocht vertellen.

Pas de volgende nacht in Parijs zou ik erachter komen wat Híj gedaan had. Dat door Hem in die tijd mensen vrij willekeurig in ovens verdwenen: tante Saar en haar huilende baby van zeven maanden, maar niet Stien van achtennegentig in die bloemenjurk van haar, die was na de oorlog vrolijk weer op komen dagen, net als mijn oma, trouwens. Ik zou te weten komen hoe ze nietsvermoedend zo'n 'kamer' in gedreven werden, dat iedereen met de deur gesloten tevergeefs voor zijn leven vocht, voeten op hoofden, in de ijle hoop boven nog een zuchtje lucht te vinden. En ik wist dat sommigen familie van me waren en dat het daarom al helemaal niet mocht wat ik onder de dekens deed voor het slapengaan (nee, niet dát, ik was zeven): mijn ogen sluiten en hém voor me zien.

De voorkamer was intussen al aardig vol. Mensen bleven komen, terwijl ik probeerde te tekenen. Mijn oren deden pijn als de bel weer ging. Die had zo'n schelle tring die je hoofd binnendrong. Mijn vader opende de voordeur in de gang boven aan de trap met een drukkertje dat net zo'n agressief geluid had als de deurbel. Er klonk dan gestommel op de treden, gestamp in de gang en ten slotte klonken er voetstappen in de kamer. De gasten riepen 'Gefeliciteerd!' en 'Tot zo!' Ik keek dan even op, knikte en probeerde me weer op mijn tekening te concentreren.

De laatste twee die binnenkwamen, waren meneer en mevrouw Cohen. Meneer Cohen kwam naar me toe en keek over mijn schouder naar mijn tekening. De man rook vreemd. Mevrouw Cohen was wat schichtig en nerveus en bleef aan de andere kant van de tafel staan. Ze aaide met haar hand over een fotoboek. Als mijn moeder toen ze de kamer in kwam niet had gezien hoe mevrouw Cohen het boek streelde en ze er niet zo spastisch over had gedaan dat het daar had gelegen, was het me waarschijnlijk nooit opgevallen. Maar dat deed ze wel. Het boek lag er en ze had het gezien en ze ging tekeer tegen de mensen in de voorkamer: wie het daar had neergelegd, of ze niet wisten dat ik daar te jong voor was, of ze dachten dat het goed voor een kind was dat soort foto's te zien, of het bij een verjaardag paste om zo'n boek te bekijken, altijd maar weer die oorlog. Ik wist niet of het de eerste keer was dat ze vergeten waren het boek voor me te verstoppen of dat het de eerste keer was dat mijn moeder er zo over tekeerging, maar het had mijn aandacht getrokken.

Op de voorkant stond een foto van mannen in zwarte pakken die in een kuil stonden. Soldaten keken vanaf de rand op ze neer. Van soldaten wist ik op die leeftijd wel wat het waren. Van de mannen in de zwarte pakken in de kuil had ik tot dat moment niets geweten, en waarom ze in een kuil hadden gestaan ook niet.

Half op tafel liggend sloeg ik het boek open. Mijn moeder stoof ernaartoe, duwde in haar haast mevrouw Cohen opzij en gaf mij een kribbig 'Niet dat boek!' te horen.

Soms kon ze door de kleinste dingen geïrriteerd raken. Ik wist nooit helemaal waar het vandaan kwam en ik wist ook niet hoe het kwam dat het zo'n effect op me had. Het boek schoof ze vlug in een stapel boeken die tegen de muur was gegroeid. Mijn lievelingstante, wier bijnaam Velletje was, van Vellah, kwam nietsvermoedend vanuit de gang de kamer binnen met een kaarsje, dat ze op een kastje zette in de ruimte tussen de voor- en achterkamer.

'Jetje, Mams, Siempje,' zei ze. Dat 'Jetje' zei ze in mijn moeders richting. Mams en Siempje waren mijn oma Boma en mijn andere tante.

Meneer Cohen boog zich nog verder over me heen, wees naar mijn tante Velletje en fluisterde: 'Indrukwekkende tante heb je.'

'Wat is er dan met haar?' Vanwege zijn geur schoof ik iets opzij, hoewel ik al wist dat dat onbeleefd was.

'Weet je wel dat je tante bij Het Nationaal Ballet gedanst heeft?'

'Nee. Ik ben zeven.'

'Ze was de prima donna van Rudi van Dantzig.'

Met zijn hand maakte hij een beweging die sierlijk moest lijken, alsof hij zelf een ballerina was.

'Rudi van Dansig? Wat een toepasselijke naam,' zei ik.

'Jaja.' Hij liep langs mijn tante naar de voorkamer. Oma Boma en tantje Siempje hadden zich bij mijn tante gevoegd in het middengedeelte. Mijn moeder, die bij de eettafel nog wat na had staan pruttelen, sloot zich uiteindelijk bij hen aan. Zo stonden ze beschermend om mijn lievelingstante heen, zoals een kudde olifanten met zijn jongen doet.

Het kaarsje was voor de overleden vader van mijn moeder. Dat wist ik. Die was omgekomen toen ze nog maar acht jaar oud was.

'Waarom is opa eigenlijk dood?' vroeg ik. 'Eigenlijk' vond ik het mooiste woord dat er was. Dat vind ik nog steeds, eigenlijk.

'Naff!' vermaande mijn moeder me.

'Ik wil het weten. Ik ben nu zeven!'

Mijn lievelingstante gaf me antwoord terwijl ze het kaarsje aanstak.

'Opa is in 1942 vermoord toen we op de rubberplantage woonden. De Indiërs kwamen in opstand tegen het gezag. Jouw opa dacht dat hij op moest treden in het dorp, waar van alles gaande was.'

Wat ze zei bevatte zoveel begrippen waar ik geen beeld bij had, dat ik nog steeds niets wist. Ze glimlachte naar me, danste als een ballerina de voorkamer in en ging uit het zicht bij het verjaarsbezoek zitten. Mijn andere tante en oma Boma volgden haar, nog een beetje in zichzelf gekeerd. Ik nam aan dat dat door de herinnering aan hun vroeg gestorven vader en echtgenoot kwam. Mijn andere tante ging voor het raam op een verhuisdoos zitten. Er stonden overal dozen voor de verhuizing op maandag, als we terug waren uit Parijs.

Het was mijn eerste verhuizing. Mijn vader had me daarom een boekje gegeven met de titel *Naff gaat naar Zaandam verhuizen*. Mijn naam was met de hand in een wit vierkantje ingevuld dat daarvoor bedoeld was. In het boekje zaten foto's van verhuiswagens, van molens en groene houten huisjes. Op de achterkant stond een hele lijst met boekjes over plaatsen waar mensen nog meer naartoe konden verhuizen.

Naast de tafel stonden tegen de muur een paar nog opgevouwen verhuisdozen, ongetwijfeld voor de stapel boeken waar mijn moeder ook dat ene boek in had geschoven. Het lag op ongeveer een derde van de stapel vanaf het bovenste boek. De foto op de voorkant liep door over de rug. Een zwarte mouw was zichtbaar.

'Naff, waar staar je naar?'

Mijn moeder kwam mijn kant op.

'Niets,' zei ik. 'Gewoon.'

'Je bent zo dromerig. Let eens op wat er in je omgeving gebeurt. Tante Saskia roept je.'

Als ik wilde nadenken, of wilde ontdekken hoe alles in elkaar stak, ging ik altijd vanzelf staren. Ik dacht altijd dat ze me dingen niet vertelden, dat ze me over het hoofd zagen, ik scheelde acht jaar met mijn oudere broer en dacht dat ze mij gewoon vergaten te vertellen wat er speelde nadat ze het aan hem verteld hadden, maar nu denk ik dat ik misschien niet altijd even goed oplette. Vaker dan ik wilde, kwamen dingen als een verrassing voor me.

'Ga even bij de gasten zitten,' zei mijn moeder.

Een familiefotoalbum dat ze in haar hand hield, legde ze boven op de stapel waar ze eerder het fotoboek ingestoken had.

'Ik ga even thee maken,' zei ze toen.

Het geelwitte wollige tafelkleed voelde als een kriebeltrui aan mijn hand. Ik probeerde te bepalen wat het beste moment zou zijn om het boek met de foto's van die mannen in de kuil uit de stapel te trekken en in mijn tas voor Parijs te stoppen.

'Wat zit je daar op je eigen verjaardag in je eentje voor je uit te staren, Naffie?' riep tante Saskia vanuit de voorkamer naar me.

Ik haalde mijn schouders op.

'De beste gedachten komen in je op als je alleen bent,' gilde ik terug.

Daar moest ze om lachen.

'Kleine wijsneus. Kom hier.'

Nebbisj-niet-teruggekomen

Op weg naar de voorkamer was de vloer kleverig aan mijn voeten. De geur van kip was er minder sterk aanwezig dan in de eetkamer. Hoewel het mijn verjaardag was en hoewel ik op het salontafeltje in het midden van de kamer ging staan, negeerden de anderen me. Alleen tante Saskia reikte me een ingepakt doosje aan. Ik viel bijna toen ik van het tafeltje stapte om tussen haar en oom Sjalom te gaan zitten. De bank was zacht aan mijn billen. Helaas waren ze geen echte oom en tante, maar alleen heel goede vrienden van mijn ouders. Een schilderij dat hij gemaakt had, hing aan de muur boven de bank achter ons. Het was het enige werk van hem dat over de oorlog ging, heeft hij me een keer verteld.

Ik peuterde aan het papiertje van het pakje, maar ik kreeg het niet los.

Mijn oom Otto op de bank tegenover ons stak een heel verhaal af.

'Anne Frank woonde gewoon aan de overkant. Die speeltuin op het Merwedeplein, daar speelde ze, net als Naff. Kun je nagaan.'

'Wie is dat? Ik heb haar nooit gezien.'

'Jij bent zeker de leukste thuis,' zei de buurvrouw die op een krukje naast mijn oom zat.

'Laat nou,' zei mijn moeder, die met een blad vol kopjes tussen de schuifdeuren verscheen. 'Hij is pas zeven. Wie wil er thee?'

De buurvrouw begon een heel verhaal af te steken tegen tante Saskia en oom Sjalom, terwijl ik doorging met aan het papier te peuteren. Ze wees op haar eigen voeten en zei dat je niet kon lopen als je geen tenen meer had, dat het gewoonweg niet ging, dat je wankelde of omviel.

'Met wat aanpassingen aan je schoenen kan het best,' zei ik. Dat wist ik van mijn vader.

'Waar bemoei je je precies mee, betweter?' zei de buurvrouw.

Tante Saskia aaide me over mijn bol. Het papier van het pakje sneed in mijn vingers toen ik eindelijk een hoekje los had gekregen.

'Je denkt altijd maar dat je alles beter weet,' ging de buurvrouw verder, 'en dat alles wat je denkt klopt en dat je het steeds aan anderen moet mededelen.'

'Ik heb het nu eenmaal goed voor met de mensen. Ik wil ze helpen.'

'Jezus,' zei de buurvrouw.

Maar het was waar. Ik had het goed voor met de mensen. Ik wilde ze helpen. Dat dat later vooral het volk zou zijn waarvan mijn ouders vonden dat we ertoe behoorden, wist ik toen nog niet. Pas vanaf het weekend bij de familie in Parijs begon het tot een volk behoren voor me te leven.

Mijn moeder stond nog steeds tussen de deuren en wipte op haar tenen heen en weer. Misschien deed ze het expres, om wat die buurvrouw had gezegd. Maar dan zou ze gevoel voor humor hebben gehad, en dat was een eigenschap van het volk waarvan me nooit opgevallen was dat ze die had.

'Wat wil je eigenlijk worden, Naff?' zei oom Sjalom. 'Behalve wereldverbeteraar.'

'Ik wil weten hoe alles in elkaar zit,' zei ik. Dat was ook zo.

Mijn hele leven ben ik al op zoek naar wat overal achter zit, hoe alles in elkaar steekt, *het systeem achter het systeem*. Het is niet zo dat ik het inmiddels gevonden heb, maar het is ook weer niet zo dat ik sinds mijn zevende niets ben opgeschoten.

'Dan haal ik even iets voor je uit de auto,' zei Oom Sjalom.

Net op dat moment had ik eindelijk het pakpapier losgescheurd. Het pakje bevatte een polaroidcamera!

'Dat is een mooi cadeau!' zei mijn vader.

'Het is heel mooi,' zei oom Sjalom. Hij gaf me fotopapier en liet me zien hoe je dat in de camera stopte.

'Wat wordt jouw eerste foto, Naffie?' zei tante Saskia.

'Het moet iets met jou en oom Sjalom te maken hebben,' zei ik. 'Anders is het suf.'

'Niet stiekem een foto maken als ik op de plee zit, Naff!'

Oom Sjalom duwde tegen mijn schouder en lachte veel te hard om zijn eigen grap.

'Heel leuk,' zei de buurvrouw, maar ze keek erbij alsof ze het niet meende.

'Zal ik een foto van uw tenen maken, mevrouw?'

Mijn polaroidcamera zwaaide ik voor haar gezicht heen en weer. Godzijdank zei ze nee. Ik weet niet eens waarom ik het had gevraagd. Als het mijn eerste foto zou zijn geworden, had ik tot mijn dood gehuild van spijt.

'Kom, we gaan eten,' zei mijn vader. In de eetkamer gingen we met zijn allen aan tafel zitten: mijn vader, mijn broer, drie tantes, twee ooms, die buurvrouw zonder tenen, oma Boma, meneer Cohen, mevrouw Cohen en ik. Oom Sjalom zei 'Ik ben zo terug' en ging de gang in en daar de trap af. Het was een gehorig huis, net als de meeste huizen in Amsterdam. In Zaandam wonen we in een bungalow met een dubbele garage. Voor mijn broer het huis uit ging, speelde hij er op zijn drumstel zonder dat er ooit klachten over kwamen. Als je in Amsterdam niet op je tenen liep, ramden de buren met een bezemsteel tegen het plafond.

Nadat we een tijdje hadden zitten wachten op wat komen ging, kwam er een suikerkunstwerk met een zeven erop de kamer in zweven. Een onzichtbare persoon erachter met de stem van mijn moeder zei: 'Wie wil er taart?'

Allemaal keken ze naar mij met mijn camera. Mijn hersens klotsten bijna in mijn hoofd van het schudden.

'De eerste foto moet ertoe doen!' brulde ik.

'Toe dan!' riepen ze om beurten. Ze glimlachten allemaal bemoedigend naar me. Het ging maar door. Er kwam geen einde aan. Mijn moeder kwam heel dicht bij mijn gezicht en zei zacht: 'Toe maar.'

Toch gaf ik niet toe.

De zeven wankelde toen ze uiteindelijk de taart toch maar op tafel zette. Misschien wilde ze nog een poging wagen me zover te krijgen. Gelukkig kwam oom Sjalom op dat moment weer terug de kamer in en zonder aandacht aan de anderen te besteden ging hij naast me zitten.

'Zo, jongen,' zei hij. 'Dit is voor jou.'

Na-tuur-kun-de voor kin-de-ren las ik op het boek dat hij voor me neerlegde. De voorkant was een tekening van zijn eigen gezicht met zijn baard en zijn krullen. Mijn moeder stond daar met een mes in haar hand.

'Moet dat, Sjalom?' zei ze.

'Het is een bovenmatig slim kind.'

'Het is een idioot,' zei mijn vader.

Waarop Sjalom zei: 'Je bent zelf een idioot.'

Waarop ik zei: 'Idioot en idioot betekent dus niet altijd hetzelfde.'

Daar moesten ze om lachen.

‘Ik moet pissen, Naffie,’ zei oom Sjalom.

Hij stond struikelend op van zijn stoel en bleef struikelen tot hij de deur door was. Misschien had hij dat expres gedaan om de aandacht van mij af te leiden. Hij was de enige van het gezelschap die wat van omgaan met mensen begreep.

En ik, natuurlijk.

De voorkant van zijn boek was zacht aan mijn vingertoppen, als de blaadjes van het viooltje in de vensterbank. De kaft rook chemisch, net als het stuk rubber dat oma Boma mee had genomen van de plantage.

‘Ga je op een feestje zitten lezen?’ zei mijn moeder terwijl ze twee bordjes taart neerzette.

‘Het is een cadeau. Het zou onaardig zijn het niet te doen.’

‘Laat hem toch,’ zei tante Saskia.

Oom Sjalom kwam weer terug de kamer in. De stoel kraakte als een oude man. De bordjes taart schoof hij opzij. Het boek trok hij naar zich toe.

‘Door deze beroemde wetenschapper en schilder geschreven en getekend.’

Het boek schoof hij dichter tussen ons tweeën in.

‘Hoe vind je de tekening van mijn gezicht, Naff?’

‘Tekenen is mijn lievelingsvak!’ zei ik.

‘Komt dat even goed uit.’

‘Hou het boek eens naast je linkerwang, oom Sjalom.’

Het leek me niet moeilijk een foto te maken. Zijn haar hield ik net onder de bovenrand van het kijkraampje en het boek met de tekening van zijn gezicht in het midden. Toen ik op het knopje drukte, kwam het papier er aan de voorkant uit, maar het bleef zwart. Zelfs toen ik de foto heel dicht voor mijn ogen hield, kwam er geen begin van kleur.

‘Er is niks gebeurd.’

'Geef maar.' Hij wapperde ermee zoals oma Boma met haar waaier in de zomer graag deed als het warm was.

'Wat is eigenlijk een wetensnapper?'

Iedereen moest lachen.

'Zie je hoe slim hij is?' zei mijn vader.

'Je kunt toch weleens een fout maken?' zei ik.

'Niet als je ondergedoken zit, drollemans.'

'Wat is dat?'

'Laat nou,' zei mijn moeder.

Allemaal begonnen ze tegelijk te praten over zaken die ik niet begreep. Ik probeerde naar iedereen te luisteren, maar dat ging niet.

Oom Sjalom negeerde iedereen en zei tegen mij: 'Een wetenschapper verzamelt waarnemingen, dingen die hij ziet, en probeert dat alles vanuit één theorie te verklaren.'

'Dat wil ik ook!' zei ik.

'*I know.*'

Hij wees op een plaatje van een man met een veertje en een steen.

'Neem bijvoorbeeld een veertje en een steen. Die vallen alle twee naar beneden, hoewel ze heel verschillend zijn. Hoe kan het dat zulke verschillende zaken allemaal vallen? Welke gedeelde eigenschap zorgt ervoor?'

Dat wist ik niet, en ik kon ook niks bedenken.

'Massa,' zei oom Sjalom na een tijdje. 'Ze hebben massa, en de ene massa trekt de andere massa aan, en hoe meer massa, hoe meer aantrekkingskracht. De aarde heeft zoveel massa dat zij het hardst trekt en alles naar de aarde valt.'

Hij hapte een stuk van de taart af en trok een gek gezicht.

'Is dat wat een wetensnapper doet? Zulke vragen beantwoorden?'

'Echte wetenschappers wel.'

'Waarom vallen we niet van de draaiende aarde af? In de wasmachine zit alles tegen de wand van de trommel gedrukt.'

'Heel opmerkzaam, Naff!'

Hij keek naar me met zo'n blik die ik vaker bij mensen zag als ik iets zei, een mix van verbazing en bewondering. Pas toen ik ouder werd, ging het over in verbijstering en afkeer.

'Dat komt door een andere kracht. Met de natuurkunde kun je uitrekenen welke kracht sterker is.'

Taart spetterde tegen mijn wang. Wijzend met zijn vinger *besmoetste* hij een plaatje in het boek. Zo zou oma Boma dat gezegd hebben. Het betekende vies maken. Meestal zei ze dat tegen mij, dat ik dat niet moest doen, maar ik was zeven jaar oud, Jezus te paard.

Niet alles van wat oom Sjalom zei had ik al begrepen, maar dat de natuurkunde één theorie probeerde te vinden die alles verklaarde, vond ik dus een fascinerend idee.

Zou er ook een theorie bestaan om dat Ding te verklaren dat me langzaam op was gaan vallen, dat ik voelde maar niet begreep? Of een theorie waarmee ik zou begrijpen waarom mijn moeder vaak op een kribbige toon sprak en 'niet zo moeilijk doen' zei? Waarom ze dat zei, waarom ze zo praatte, wat daarachter zat, waarom die toon, dat wilde ik weten. Of wilde? Dat is niet het woord, ik moest en zou het te weten komen, zoals een lemming naar zee wilde, hoe slecht dat ook voor hem afliep, wat ik een week daarvoor op school in een oude Disney-natuurfilm had gezien. Over 'moeilijk doen' was ik het niet met mijn moeder eens. Ik had een hoop dingen te doen, zoals ontdekken hoe alles in elkaar stak. Als kind dacht ik nog dat ik dat zou kunnen, mensen helpen en dat soort dingen, maar dat viel bij mijn moeder allemaal onder het kopje 'moeilijk doen'.

'Luister je wel, Naff?' zei oom Sjalom.

Ik wilde vertellen wat ik net bedacht had, maar voordat ik de kans had gekregen, zei mevrouw Cohen nerveus: 'Gaat het allemaal goed in de keuken?'

Oom Sjalom keek naar haar. De rest ook. Niemand reageerde.

'Denk aan de kleine.' Oom Sjalom wees naar mij.

'Mevrouw Cohen vraagt wat,' zei ik.

Nog steeds geen reactie.

'Maakt u zich geen zorgen, mevrouw Cohen,' zei ik toen maar. Iemand moest het doen. 'Oma Boma is een keukenprinses.'

'Wordt de soep niet te zout?' zei ze. 'En zit er wel vlees in?'

'Hoe bedoelt u? Dat kunnen we toch niet zien vanaf hier?'

'Laat nou, Naff.' Dat was mijn moeder.

Oma Boma droeg een blad met kommen soep de kamer in. Mijn moeder hielp met uitdelen. Ze zette een kom voor mevrouw Cohen op tafel.

'Nu zullen we het weten,' zei ik.

'Ik hoop niet dat het van die Auschwitzsoep is. Van die waterige soep met bijna niets erin, en wat er aan vlees in zat, was naar de bodem van de pan gezakt. Als je bevriend was met de soepschepper, schraapte die de lepel er voor je overheen. Als hij je niet mocht, had je alleen water waar wat stukjes kool in dreven.'

Iedereen staarde naar zijn soepkom en keek niet op of om.

'U mag mijn soep wel,' zei ik.

'Naff!' zei mijn moeder.

Daarna werd het stil.

Ik lepelde wat van het vocht naar binnen.

'Het is kippensoep, mevrouw Cohen, geen Auschwitzsoep!' Ik zei het opgetogen. Mevrouw Cohen glimlachte naar me.

Het was de eerste keer dat ze een spoor van vrolijkheid toonde sinds ze binnen was.

De anderen lepelden door met getik en geslurp en toen iedereen de soep ophad, ging oma Boma naar de keuken en kwam terug met een grote ovenschaal met kip. Niemand praatte meer, mijn familie ook niet, terwijl ze anders nooit stil te krijgen waren. Mevrouw Cohen praatte des te meer.

'Het was altijd zo koud,' zei ze.

Nog steeds reageerde niemand.

'Waar bedoelt u?' Ik wilde het weten. Alles kon me kennis brengen over hoe de dingen in elkaar staken.

'Het pakje dat we moesten dragen, was niet meer dan een dun laagje stof. Meer gaven ze ons niet.'

'Wie? Uw ouders?'

'Moedig haar nou niet aan, Naff.'

'Wat? Ik wil het begrijpen.'

Mevrouw Cohen keek even naar mij.

'En mijn zus Sarah, dan. Mijn schoonfamilie beweerde niets voor haar te kunnen doen. Maar voor zichzelf deden ze des te meer. Zij hebben ervoor gezorgd dat ze in Westerbork konden blijven. Dat ze niet op de trein hoefden.'

'Wie wil er kip?' Oma Boma wees op de pootjes en vleugels in de schaal.

'Nu hebben ze in de sjoel weer van die goede posities, net als in het kamp. Er is niets veranderd sinds die tijd.'

Sjoel betekende synagoge.

'Toe nou, Beis!' zei meneer Cohen, maar zij bleef praten op die zenuwachtige manier van haar. Saar Nebbisj-niet-teruggekomen noemden ze de zus. Daarna kwam Sam Nebbisj-niet-teruggekomen langs, toen Wientje Weinstein Nebbisj-niet-teruggekomen.

‘Wat een grote familie is dat,’ zei ik.

Iedereen aan tafel moest lachen, ook mevrouw Cohen.

‘Nebbisj betekent zielig, drol,’ zei mijn vader. ‘Ze zijn niet teruggekomen uit de oorlog.’

‘Niet teruggekomen?’

‘Laat nou,’ zei mijn moeder kribbig.

‘Vergast,’ zei mijn broer, die al vijftien was. Mijn moeder gilde: ‘Toe, nou. Hij is net zeven geworden.’

‘Precies daarom. Ik wil het begrijpen. Wat is dat?’

Het bleef een tijdlang stil terwijl iedereen voor zich uit staarde. Zo stil had ik ze echt nog nooit meegemaakt. Het duurde eindeloos.

Ineens kreeg ik een ingeving.

‘Nebbisj,’ zei ik, ‘lijkt me een overbodige toevoeging als je niet bent teruggekomen.’

In het begin kwam de lach wat weifelend, maar al snel konden ze het niet meer tegenhouden en lachten ze allemaal. Mijn vader sloeg met zijn hand op tafel en bij een paar mensen kwamen tranen op hun wangen. Het geluid van het lachen klonk harder dan normaal. Het deed me denken aan een vrouw uit de straat die soms langs de huizen liep en onbegrijpelijke dingen schreeuwde, tot er iemand met een busje kwam die haar meenam.

Dat ze allemaal door mij moesten lachen, dat wilde ik vaker.

‘Hij wordt al een echte Jood,’ zei mijn moeder.

Ik wist niet of ze dat iets goeds vond. Ik hoopte dat het sloeg op dat ik ze aan het lachen had gemaakt. Dat zou mijn methode kunnen zijn om mensen te helpen.

‘Altijd die oorlog,’ zei mijn broer.

Het was weer een tijd stil. Mijn vader staarde naar mij. Mijn moeder keek naar de deur. Mijn echte tantes, tante Saskia en oom Sjalom staarden wat voor zich uit. Mevrouw Cohen tuurde door de balkondeur naar buiten, alsof daar wat te zien was.

Oma Boma doorbrak de stilte met een zucht. 'Tja,' zei ze, 'het was een malle tijd.'

In het begin kwam de lach weer traag op gang, maar al snel lagen ze allemaal dubbel. Het was minder hard dan bij mij, maar toch.

Toen ze uitgelachen waren, stond mijn moeder op.

'Koffie in de voorkamer,' zei ze. 'Naff, blijf jij hier zitten tekenen?'

'Maar het is mijn verjaardag!'

'Jij drinkt toch geen koffie, gekkie.'

Het maakte me ook niet uit. Ik had genoeg waarnemingen om over na te denken en te ordenen. En het boek met de mannen in kuilen, daar was iets mee, dat wilde ik in mijn tas voor Parijs stoppen als ze niet opletten.

Een weekend in Parijs

De volgende ochtend stonden we vlak voor ons vertrek naar het station buiten, terwijl ik nog steeds de kans niet had gezien het boek in mijn rugtas te verstoppen. Mijn vader wilde de deur al dichttrekken toen ik zei: 'Wacht! Nog even iets pakken.'

'Schiet je op? We moeten de trein halen.'

'Jaja, maak je geen zorgen.' Ik rende de trap op. Boven haalde ik een voor een de boeken van de stapel tot ik bij het fotoboek gekomen was. De zijkanten van mijn rugzak werden er door uitgerekt. Mijn polaroidcamera kon ik er nog net bij proppen. Het zat allemaal erg strak en het was ook nog eens zo zwaar op mijn rug dat ik bijna van de trap naar beneden viel.

Buiten gekomen zei mijn vader: 'Ken je die mop van die jongens die naar Parijs gingen? Nou, wij gaan wel.'

In het station liepen de anderen veel harder dan ik kon met dat boek op mijn rug en met mijn korte benen. Soms wankelde ik een beetje door het gewicht, wat ik voor ze probeerde te verbergen. Dat lukte niet heel goed.

'Zal ik je tas dragen?' zeiden ze alle drie om beurten.

'Nee, nee, dank u beleefd.'

'We moeten voortmaken, Naff,' zeiden ze alle drie weer.

Uiteindelijk waren we ruim op tijd, dus het was gezeur

geweest. Misschien dat ze gewoon geen geduld hadden voor mijn traagheid. Het was een van de weinige situaties waarin ze geen andere keus hadden dan rekening met me te houden, ook al was ik pas zeven.

De treincoupé rook naar haring. Terwijl mijn broer en mijn moeder de trein verkenden, zat ik met mijn vader in de coupé. Op het tafeltje voor het raam lag een boek, maar mijn vader las er niet in. Hij bladerde door de krant. Op mijn vijfde had ik de klank van letters uitgevogeld aan de hand van namen die in het familiealbum naast de foto's geschreven hadden gestaan en had ik mezelf geleerd te lezen met voorleesboekjes die ik uit mijn hoofd kende nadat ze me eindeloos voorgelezen waren. Met boeken uit de boekenkast had ik meer moeite. Dat ging traag.

'Je leest al goed, Naffie!' had de juf tegen me gezegd.

'Het moet er al ingezeten hebben, juf. Het heeft er zitten wachten tot ik er klaar voor was, tot ik opeens doorhad hoe het in elkaar stak.'

Thuis hadden ze er nooit zo'n aandacht aan besteed of en hoe goed ik kon lezen. In de trein zou ik laten merken hoe goed ik al was. Dat was mijn plan. Ik moest wachten tot mijn moeder en mijn broer terug waren gekomen. Ik zat alleen met mijn vader in de coupé tot een onbekende man binnenliep. Naast mijn vader was één plek vrij en tegenover hem twee. Wij waren al met zijn vieren.

De man ging tegenover ons bij het gangpadraam zitten. Hij droeg een pak dat me deed denken aan de mannen in de kuilen. Mijn vader knikte naar hem. De man knikte terug.

'Waar zit ik eigenlijk, pap?'

'We konden maar drie stoelen krijgen, drollemans. Je moet bij mij op schoot. Kom maar.'

Hij legde de krant opzij. Zijn broek was zacht aan mijn

benen. De man zweeg en ging een boek lezen. Aan beide slapen had hij een pijpenkrul hangen, zo noemde ik ze toen nog. Pijpenkrullen kende ik tot dan toe alleen van meisjes. Bij binnenkomst in de coupé had de man een hoed gedragen. Die had hij op de plank boven zijn hoofd op zijn koffer gelegd. Onder de hoed was een petje zonder klep vandaan gekomen. De man hield ervan zijn hoofd te bedekken, zoveel was duidelijk.

'Naff. Als de conducteur straks komt, moet je je onder de bank verstoppen.'

De man aan de andere kant keek even in onze richting.

'Is dat niet oneerlijk?' Het leek me geen pretje uit de trein gegooid te worden.

'Een beetje, maar anders missen we de bat mitswe.'

'Wat is een bat mitswe precies?'

Mijn broer had een bar mitswe gedaan, maar daar kon ik me weinig van herinneren. Ik was vijf.

'Dat doet een meisje de zaterdag nadat ze twaalf is geworden. Een jongen doet het als hij dertien is. Je nicht Esther doet het morgen.'

De man schraapte even zijn keel.

'Zal ik je voorlezen?' zei mijn vader.

Niets vond ik leuker dan wanneer hij dat deed. Dat ik zelf kon lezen, deed daar niets aan af. Het gebeurde niet vaak dat hij in de gelegenheid was. Vaak kwam hij niet thuis en bleef hij in het zusterhuis naast het ziekenhuis slapen.

Mijn moeder maakte zich er druk om. Daarom gingen we ook verhuizen. Ik begreep toen nog niet wat het probleem was. Ze had het er altijd over: zusterhuis dit, zusterhuis dat, als je maar geen gekke dingen doet, Niek.

Zo noemde mijn moeder hem: Niek.

'Hoe was het eigenlijk om in het zusterhuis te wonen, pap?'
Hij ging verzitten, waardoor ik bijna van zijn schoot viel.

'Ik ben te laf om met andere vrouwen te zijn, drol.'

Tot op de dag van vandaag weet ik niet wat er nou gebeurd was en of er überhaupt iets gebeurd was.

'Het waren alleen maar blonde vrouwen met blauwe ogen. Geen mensen zoals wij.'

De man met de pijpenkrullen had al een hele tijd geen bladzijde meer omgeslagen.

'Ik sliep er alleen,' zei mijn vader net toen mijn moeder terug de coupé in kwam. Ze knikte naar de man en glimlachte even.

'Dat mag ik hopen, Niek.'

Daarna ging ze tegenover mijn vader zitten. Mijn broer kwam achter haar aan, keek naar die vreemde, trok een gek gezicht naar mij, ging naast mijn vader zitten en zei: 'Er is verderop een restauratiewagen.'

Mijn vaders mond maakte bewegingen, alsof hij zure haring proefde.

'Ik sliep er alleen máár, bedoel ik, maar ik sliep er ook alléén. Dat is waar.'

'Straks moeten de kinderen nog opletten of ze in Zaandam op straat geen op hen lijkende halffabricaten tegenkomen.'

Haar kribbigheid was nog sterker dan anders.

'Hoe spel je "halffabricaten"?'

Niemand ging daarop in. Nog niet. Maar het moment kwam dichterbij dat ik zou laten merken hoe belangrijk ik spellen vond om goed te kunnen lezen. Het zou niet lang meer duren.

'Toe nou, Joeks,' zei mijn vader.

Zo noemde hij haar: Joeks.

Mijn billen op zijn benen gloeiden. Buiten de trein dreven

weilanden met zwart-witte koeien traag langs de coupéruit. Ik pakte het boek van het tafeltje bij het raam en legde het op mijn benen. De kaft was hard, rook naar stof en had de kleur van gestold bloed.

Mijn moeder wilde me altijd voorlezen, maar daar had ik geen zin meer in. Als ze mijn kamer binnenliep, deed ik of ik sliep, maar het weerhield haar er niet van om toch een boekje uit de kast te pakken en het voor te lezen. Misschien moedigde het haar zelfs aan.

'Je bent nog steeds een kind,' zei ze dan, meer tegen zichzelf dan tegen mij. Een beetje maf, vond ik dat. Een keer begon ik te praten om te laten merken dat ik wakker was, om te kijken wat er zou gebeuren. Nijntje legde ze weg en stilletjes liep ze de kamer uit.

'Niet weer dat boek,' zei mijn broer in de coupé. Hij had een eigen boek op schoot.

Dat was mijn moment!

'*Hand-boek Jood-se hu-mor,*' las ik hardop, met mijn vinger de letters op de kaft aanwijzend.

Alle ogen waren ineens op mij gericht.

'Wat kun jij al goed lezen, drollemans!' zei mijn vader.

Zijn hand rook naar jodium, dezelfde als die mijn moeder op mijn wondjes deed. Zijn T-shirt rook naar een vossenhol.

'Ik heb het mezelf op mijn vijfde geleerd.'

'Op je vijfde?!'

Hij sloeg de bladzijden om en wees een verhaal aan.

'Lees "De loeftmentsj" eens voor.'

'Doe niet zo flauw,' zei mijn broer, maar dat negeerde mijn vader.

'Wat is dat?'

'"De loeftmentsj" gaat over de tragikomische lotgevallen

van een chassied die met opgeblazen taal mensen probeert te verleiden hem geld te geven voor vage plannetjes waarvan hij beweert dat ze veel op zullen leveren, wat in de praktijk nogal tegenvalt. Hij heeft alleen praatjes te bieden, maar sommige mensen houden van praatjes.'

'Daar hou ik ook van,' zei ik.

'Dat verbaast me niets, drol.'

Hij tikte nog eens op de opengeslagen pagina.

'Lees maar.'

Met zijn wijsvinger wees hij naar de woorden.

'"Weet u wat een loeft... een loeft..."'

'Je spreekt het uit als loeftmentsj,' zei mijn broer.

'"... loeft... mentsj is. Nee? Lui... ster. Mis... schien kent u het ver... haal van de arme chet... to..."'

'Getto,' zei mijn broer.

'"... getto... Jood..." Wat is een getto?'

Niemand zei iets. Mijn vader keek naar de man in de hoek, die nog steeds met zijn boek op schoot zat zonder bladzijden om te slaan.

'"... met een be... zorg... de blik die werd onder... vra..."'

'Ondervraagd,' zei mijn broer.

'"... ondervraagd door de an... ti... semi... ti... po... li... tie..."'

'Je kunt echt al goed lezen,' zei mijn vader weer. 'Zulke moeilijke woorden!' Hij keek er net zo bij als wanneer hij vertelde hoe hij een Hells Angel het leven had gered nadat die op zijn motor tegen een bus was gereden of hoe hij bij een vrouw een wond zo dicht had gemaakt, dat ze geen litteken zou krijgen.

Vaak zei hij dingen waarvan het niet duidelijk was of ze als grap bedoeld waren. *Deadpan comedy* heette dat, leerde ik later op de middelbare school: grappen maken met een uitgestreken gezicht. Mijn moeder werd er gek van. Ze wist nooit of hij nou serieus was of niet. Hij hield er ook nog van haar te stangen. Het was niet ideaal.

‘‘‘Als u belooft me vrij te laten, vertel ik u een mooi verhaal,’ zei de loeftmentsj tegen de politie. De agenten gingen akkoord en hij begon.’’’

Die zin ging in één keer goed. Het voorlezen van het verhaal ging vlotter en vlotter. Af en toe hielp mijn vader me.

‘‘‘In Duitsland op de dag voordat hij het land zou verlaten, de oorlog kon elk moment beginnen, probeerde een loeftmentsj...’

‘Wat is een loeftmentsj?’ brulde de agent. Hij sloeg met zijn hand op tafel.

‘Dat is nu ook weer niet nodig. Ik vertel het u graag. Ik ben een loeftmentsj. Deze bijvoorbeeld probeerde de rechten van een grote sneeuwstorm te kopen die dat weekend zijn woonplaats Eisleben zou teisteren. De gemeenteambtenaar achter het loket waar hij dat ongewone verzoek indiende, had vreemd naar hem gekeken en was verdergegaan met gewichtige zaken noteren in het grondeigendommenboek van de stad.

Maar de loeftmentsj bleef aandringen.

“Er zit handel in, waarde ambtenaar. U moet de kracht die een sneeuwstorm bevat niet onderschatten. Duizenden volts elektriciteit en nog veel meer ampères windkracht. Op acht kilometer hoogte gaat het om tienduizend kilowatt trekkracht.”

“Maar hoe kunnen ze de stroom dan, eh, oogsten?” vroeg de ambtenaar.

“Dat is aan de inventiviteit van de koper. Daar ga ik niet over.

Ik lever slechts de grondstoffen."

"Het is niet mogelijk eigendomspapieren van natuurverschijnselen af te geven," zei de beambte kriegelig.

"En als ik u vijf procent geef?"

Hij kwam naar voren, plaatste zijn handen tegen zijn wangen en hij keek de loeftmentsj triomfantelijk aan.

"Hoe gaat u dat in godsnaam verkopen?"

"Dat is mijn probleem."

Vijf minuten later liep de loeftmentsj met zijn eigendomspapier de straat op. Een Duitse officier kwam hem tegemoet. De loeftmentsj toonde het document.

"Een verse storm, nog niets in kracht afgenomen, voor alle energie-eisen van uw oorlogsinspanningen," zei hij als een ware verkoper.

"*Nein! Das ist nicht komisch!*" zei de soldaat. Hij sloeg de loeftmentsj dood, zómaar, daar midden op straat.'

De politieagenten moesten lachen, hielden hun woord en lieten de loeftmentsj vrij.'"

Het boek legde ik terug op het tafeltje voor het raam. Iedereen keek naar buiten. Af en toe keek een van hen naar mij en schudde het hoofd alsof ze het niet konden bevatten.

'Jaja,' zei ik dan.

Dan keken ze nog meer.

Je moet filosoof worden

Die eerste dag in Parijs zou ik drie dingen over mezelf ontdekken. De eerste ontdekking kwam nadat we onze bagage dropten in het huis van de Franse familie. Het was bijna een kasteel en had vier verdiepingen. Onze bagage ging naar de kelder. Daar stonden bedden voor mijn broer en mij. Daarna wachtten we in het halletje. Het rook er net als bij ons nogal sterk naar kip. Mijn moeder praatte Frans met mijn tante.

'Wat een stank,' zei ik door hun gesprek heen. 'Zetten ze hier nooit een raampje open?'

'Dat komt door de hitte,' zei mijn broer.

'In Amsterdam is het nooit zo warm.'

'Zullen we gaan, Joeks?' Mijn vader deed de voordeur open.

'Waarom moeten we weg, pap? We zijn er net.'

'We lopen haar voor de voeten,' zei mijn moeder. 'Er komt nog genoeg gelegenheid om iedereen te zien tussen de bedrijven door.'

'Ik heb een plan,' zei mijn vader buiten. Daar leefde iedereen van op. De pas werd kwieker, de houding rechter, we liepen en liepen en liepen en liepen en liepen langs huizen die anders waren dan de huizen in Amsterdam, mooi, lichtbeige, sierlijk soms, viezig met zwart stof, tot we een hotel bereikten dat beroemd was geworden door de beeldhouwer Rodin, die er gewoond had. Er was een museum voor zijn werk van gemaakt.

Zijn beelden vulden de tuin. Een was het beeld van een man die voor zich uit zat te staren met een vuist onder zijn kin.

Hier kwam de ontdekking die mij voorgoed zou veranderen.

'Kijk, Naff. Die lijkt op jou.'

'Doe niet zo flauw,' zei mijn broer.

'Ik meen het,' zei mijn vader. Hij wees naar het beeld. '*De Denker*, heet het. De man staart en denkt na. Net als jij altijd doet, drol.'

Vanuit de hoogte keek *De Denker* me aan. In Amsterdam zag ik mezelf inderdaad vaak zo in de spiegeling van het raam van de balkondeur als ik aan de eettafel zat.

'Je moet later filosoof worden,' zei mijn vader.

'Doe niet zo flauw,' zei mijn broer weer.

'Wat doet zo iemand, pap?'

'Een filosoof staart de hele dag een beetje voor zich uit en schrijft dan af en toe wat op.'

'Misschien ben ik het dan al wel.'

Toen zuchtte hij.

'Doe niet zo raar,' zei mijn moeder, tegen wie was alleen niet duidelijk.

Zij liepen door naar de deur.

Mijn knieën schaafden over de stenen rand toen ik op de pilaar klom waar het beeld op stond. De stenen hand was droog en toch koud als een badkamertegel en rook vochtig als een druipgrot.

Ergens werd geschreeuwd.

Mijn vader was ineens vlak achter me en trok aan mijn voet.

Het geschreeuw werd luider.

De Denker staarde me vol pijn aan.

De schreeuwende man kwam onze kant op. Mijn vader trok

me aan mijn been van het beeld af, maar rustig, zonder onaardig te willen zijn. Misschien was het niet flauw geweest, wat hij had gezegd over filosoof worden. Misschien was hij anders naar me gaan kijken nadat ik had voorgelezen. Of misschien had hij altijd al zo naar me gekeken, maar waren die opmerkingen over idioot zijn tijdens mijn verjaardag grapjes geweest om oom Sjalom op stang te jagen, mijn vaders grootste hobby, mensen op stang jagen.

In het museum hingen de wanden vol prenten, ook naakten. Op één lag een vrouw met haar rug en billen naar ons toe. Er tintelde iets in mij.

Na een tijdje ging ik met mijn broer terug naar buiten. Er lagen mensen in het gras, in een stuk waar geen beelden stonden. Daar mocht het kennelijk wel. We gingen ertussen liggen en worstelden een beetje. Ik maakte geen kans bij hem, maar soms liet hij me winnen. En een keer had hij me zijn duwtechniek geleerd.

'Als iemand je aanvalt, kun je hem het best gewoon van je af duwen. Zo hard mogelijk. Het is misschien niet stoer, maar het werkt des te beter. Een gevecht op die manier ontwijken heeft ook iets hoogstaands.'

'Hoe spel je "hoogstaand"?'

'Naff, ik moet van broer tot broer met je praten nu ze er niet bij zijn.'

'Wat dan?'

'Heb je weleens van cynisme gehoord? Dat is oneindig populair bij die mensen van het volk. Ze zeggen het tegenovergestelde van wat ze bedoelen en het is eigenlijk neerbuigend bedoeld, ook al brengen ze het als lof. Dat van filosoof worden, bijvoorbeeld.'

'Dat was toch alsof hij het echt vond? Ik had er net zin in

gekregen. Ik hou van staren en nadenken en ik hou van dingen opschrijven.'

'Als je erop let, zul je het zelf zien van dat cynisme.'

Mijn vader kwam het museum uit met een klein beeldje van de denkende man in zijn hand. Dat gaf hij aan mij. LE PENSEUR, RODIN stond erop geschreven.

'Voor je verjaardag.'

Hij aaide me over mijn bol.

'Doe niet zo flauw,' zei mijn broer opnieuw, maar het was niet flauw bedoeld. Dat wist ik, hoewel ik niks van zijn gezicht kon lezen door die *deadpan comedy* van hem.

Terwijl ik naast mijn vader liep, hield ik het beeldje met twee handen tegen mijn buik gedrukt om het niet te laten vallen.

'Hoe moet het nou aflopen met jou, drollemans?' Hij aaide me weer over mijn bol.

'Dat weet ik ook niet, pap. Filosoof worden lijkt me wel wat.'

Hij zuchtte nog een keer, nog harder dan die eerste keer.

Na een hele tijd in stilte gelopen te hebben zei mijn vader, meer voor zich uit dan tegen iemand: 'Een filosoof zoekt naar de Waarheid met een hoofdletter W.'

Dat vond ik mooi gezegd en eigenlijk dacht ik dat iedereen dat deed.

'Staren naar de Waarheid,' zei ik.

Toen zuchtte hij voor de derde keer, deze keer heel lang.

Ik vroeg me af of een filosoof mensen daadwerkelijk kon helpen.

Rabbi Jacob

De tweede ontdekking kwam al vrij snel daarna.

In het restaurant waar we na het Rodin-museum hadden gegeten, stond de tafel vol lege vieze borden. Mijn vader maakte een gebaar naar de ober alsof hij iets opschreef.

'Kom, we gaan naar de *tisj*, Niek,' zei mijn moeder.

'Ik heb een beter idee, Joeks.'

'En de tisj dan?'

Hij veegde wat broodkruimels van het tafelkleed.

'De tisj kan wel even wachten.'

Hij zei het stoer. Tegelijk keek hij toch even uit zijn ooghoeken naar mijn moeder.

'Wat is een tisj?' zei ik.

Niemand reageerde.

De ober zette een zilveren schaaltje met een papiertje voor mijn vader neer.

'Wat is een tisj?' zei ik weer.

De ober pakte het schaaltje, waar nu geld op lag, bij mijn vader weg.

Op straat was het aan het schemeren. De temperatuur was dalende. Overal liepen mannen in zwarte pakken, zoals op de voorzijde van het fotoboek dat ik in mijn rugzak had gedaan. De meesten droegen een hoed, sommigen een bontmuts. Langs elke slaap hing een pijpenkrul tot ver over hun wang.

Els, die ik na de verhuizing naar Zaandam ontmoette, noemde die dingen Jodenlokken.

'Ik vind ze eigenlijk wel tof,' had ik tegen Els gezegd. Dat was ook zo. Iets onbenoembaars in die mensen trok me aan.

'Waarom hebben ze eigenlijk dat haar, mam?'

'Dat hoort zo.'

Raad maar op welke toon ze dat zei.

'Waarom hoort dat zo?'

'Dat weet ik echt niet.'

'Waarom altijd zo kortaf? Waar komt die irritatie toch vandaan?'

Ik zei het zacht. Toen ze niet reageerde of het misschien niet gehoord had, zei ik: 'Behoren ze tot ons volk?'

'Wat denk je zelf?' zei ze.

Mijn vader verdween achter een muurtje dat voor een wit huis stond. Mijn broer drukte zich tegen de muur alsof hij er door een onzichtbare kracht tegenaan gedrukt werd en bewoog zich er met zijn handen zijwaarts langs tot ook hij verdwenen was. Mijn moeder duwde mij voor zich uit. Achter het muurtje bleek een deur verborgen te zitten. Er was geen kassa. We konden zo doorlopen, een bioscoopzaaltje in met drie rijen. Mijn vader koos stoelen op de achterste rij. Een oudere vrouw en twee meisjes zaten voor ons. Ze droegen alle drie een rok met maillot eronder. De vrouw had een doekje om haar haar gewikkeld. Niet erg vrouwelijk. Niet als stewardess Eva. Het boek *Eva wordt stewardess* had ik in mijn boekenkast staan. Ik weet niet welke lolbroek me dat had gegeven.

'Ze mogen niet naar films kijken in deze wijk, Naff. Als ze het toch doen, moet het stiekem.'

'Doe niet zo flauw, Niek.'

Misschien was mijn vader wel gewoon onbegrepen. Misschien wilde hij me werkelijk alleen maar laten zien hoe dingen in elkaar zaten en deed hij geen 'uitgestreken komediegezicht'.

'Waarom kijken ze geen films?'

'Ze houden zich alleen met heilige zaken bezig, drol, niet met het aardse.'

Hij glimlachte erbij als de heks in *Hans en Grietje*.

Het rook vreemd in de bioscoopzaal.

'Wat is die geur?'

'Deze mensen wassen zich niet, Naff,' zei mijn vader.

Dat was het cynisme waar mijn broer me op gewezen had, dat begreep ik uit mezelf wel.

'De mannen gaan elke dag in het mikwe,' zei mijn moeder. 'Dat is beter dan met sjikses douchen.'

'Wat is een mikwe? Wat is een sjikse?'

'Die mensen met die pakken en die maillots moeten zich aan 613 geboden houden,' zei mijn vader. 'Overal zeggen ze een gebedje bij. Voor ze hun billen afvegen, zijn ze tien minuten aan het prevelen.'

Bij ons thuis waren er niet veel regels. Soms vergat ik er toch een. Naar mijn moeder luisteren, bijvoorbeeld. Of dat ik niet zomaar verhalen mocht vertellen, maar dat kwam later pas. Of dat je het altijd over de oorlog moest hebben. Ze zeiden wel dat ze er niet over spraken, maar dat viel in de praktijk nogal tegen. Het ging er eigenlijk altijd over.

'Die gebedjes hebben niet veel geholpen toen het ertoe deed,' zei mijn vader. 'Van al die vromen uit Polen zijn er nebbisj-niet-veel-teruggekomen.'

Zie je wel?

'Wat zijn vromen?'

'Alle mensen die je hier ziet, drol.'

'Wat is er met die vromen?'

'Daar stamt je moeder van af.'

'Stam ik daar van af?!'

Dat was het tweede, dus. Ik vind achteraf dat het allemaal best veel was voor een zevenjarige om in een keer te moeten verwerken.

'Mijn voorouders waren chassidische Joden,' zei mijn moeder.

'Je stamt van loeftmentsjen af, drol,' zei mijn vader. Hij lachte erbij.

Op dat moment begon de film. Ik begreep er weinig van. Gelukkig fluisterde mijn moeder in mijn oor wat er gezegd werd en ze legde uit wat er op het doek gebeurde: *Rabbi Jacob, een rabbijn uit New York, op weg naar de bar mitswe van zijn neefje, is net geland op het vliegveld van Parijs. Een rabbijn is de leider van de synagoge. Dat is een gebedshuis voor Joden. Stil nou. Een zakenman en een andere man zijn op de vlucht voor terroristen en beroven in de wc de rabbijn van zijn zwarte pak, knippen zijn peies en die van zijn metgezel af, plakken die aan zijn hoed en vermommen zich als de rabbijn en zijn metgezel om aan de terroristen te ontkomen.*

'Wat zijn peies?'

'Die pijpenkrullen.'

Dus niet Jodenlokken.

De neprabbijn in de film gebruikte nog een woord dat ik niet begreep.

'Wat is een sjtreimel?'

'Dat is zo'n bontmuts.'

De neprabbijn trok gekke bekken. Ik lachte de hele tijd. Mijn broer niet, hoewel hem dat soms moeite kostte. Zijn lippen werden wit van het op elkaar knijpen. Thuis keek hij naar moeilijkere films dan ik en nog twee jaar, dan zou hij het huis uit gaan. Dat zei hij steeds en zo geschiedde. Ik woon intussen al zes jaar alleen met ze.

Na afloop van de film, op weg naar buiten, trok hij een poster van de muur en gaf hem aan mij.

'Voor je verjaardag.'

Die hangt nog steeds op mijn kamer.

De vrouw met de kinderen uit het zaaltje liep voor ons op straat. De kleinste trok aan haar arm.

Mijn vader zei: 'De vrouw van de publiciteitsman van de film heeft een vliegtuig gekaapt om het uitkomen van de film te stoppen.'

'Is dat echt waar? Doet iemand zoiets?'

'Bij de bestorming van het vliegtuig is ze doodgeschoten. Zie je de ironie? Een film over terroristen zorgt voor een kaping in het echt.'

'Die vrouw is nebbisj-niet-teruggekomen bij die publiciteitsman.'

'Oma had gelijk. Hij wordt al een echte Jood,' zei mijn broer. 'Altijd die oorlog.'

De tisj

Onderdeel van de tweede ontdekking, mijn afstamming van loeftmentsjen, was het bezoek aan de tisj.

'Kom,' zei mijn moeder. 'We moeten naar de tisj. Anders is het al voorbij.'

Op de witte muur die de deur verborg, hingen busjes. Je kon er geld in doen, maar dat mocht niet op vrijdagavond, dat was een heilige avond waarop je niet mocht werken of betalen. Daarom deed niemand het. Mijn vader zei dat mensen er op een andere dag geld in deden, een dag dat het wel mocht en ze er toch langs liepen. Ik vond het destijds slim bedacht, maar ook een beetje alsof ze zichzelf in de maling namen. Aan de andere kant, het leek me niet makkelijk met al die regels en die kledingvoorschriften te leven. Het zou een veel grotere stap zijn om dat leven op te geven dan om erin te blijven. Zelfs als ze eruit wilden, zaten ze erin gevangen. Hoe kwam je aan een ander huis, aan eten enzovoort? Ze hielden toch ook gewoon van plezier maken?

Buiten was het al donker. Een stroom mannen in van die pakken liep op straat. Mijn moeder volgde hen alsof het gewoon was. Het was een beetje of we haar kwijt waren geraakt aan het volk waar ze van afstamde.

Tijdens het lopen zei ik: 'Wat is nou een tisj?'

Mijn vader deed een huppeltje en keek naar me terwijl hij dat deed.

‘Dat weet ik ook niet.’

‘Jullie zitten bij de rabbijn aan tafel,’ zei mijn moeder. ‘Ik bij de *rebbetseente*.’

‘Hoe spel je dat, “rebbetsen”?’

‘Dat is zijn vrouw,’ zei ze.

Mijn broer zou het later voor me opschrijven. Het was alsof mijn lezen overal buiten stond. Ze hielpen me bijvoorbeeld als ik een woord niet kende. Pas later werd het een probleem dat ik verhalen opschreef, nadat ik op het feest van mijn nicht Esther een verhaal had voorgelezen, maar dat komt nog.

‘Wij gingen naar Parijs voor een bat mitswe. In de film kwam de rabbijn naar Parijs voor een bar mitswe,’ zei mijn vader. ‘Let jij erop dat we niet ten prooi vallen aan terroristen, drollemans?’

‘Heel grappig,’ zei mijn broer.

Bij de hal waar de tisj zou worden gehouden, zei mijn moeder: ‘Jullie gaan hier naar binnen.’

Zelf liep ze naar de hoek en verdween uit beeld.

‘Kimm!’ Mijn vader gebaarde met zijn arm dat we hem moesten volgen.

‘Wat is kimm?’

‘Dat is Jiddisch voor “kom”. Zo spraken ze voor de oorlog in Europa.’

In de hal zat de rabbijn aan een reuzetafel zoals in een sprookje. De anderen zaten eromheen, sommigen naast hem, de meesten op een tribune.

‘Zitten we niet bij de rabbijn aan tafel?’ zei ik.

‘Het is alsof we bij hem aan tafel zitten,’ zei mijn vader. ‘Maar allemaal, dat past niet.’

De rabbijn zong een woordloos lied. De anderen zongen met hem mee. Biediebom, biediebom enzovoort. In de deuropening wachtten we af of iemand ons ergens heen zou wijzen. Ongemerkt begon ik mee te zingen. Na een tijdje pakte ik mijn camera. Eén iemand zag het, maar die zei er niets van toen ik een foto maakte.

'Doe weg die camera!' zei mijn broer. 'Dat mag niet.'

Ik nam aan dat een verbod voor mij als zevenjarige niet gold. Je was tenslotte pas religieus aansprakelijk als je je bar mitswe had gedaan.

Henoch en Brucha

Toen we terugkwamen van de tisj troffen we mijn moeder met mijn tante in de keuken.

'Kimm, ik breng jullie naar je bed,' zei mijn vader, de humorist. Ik volgde hem met mijn broer de keldertrap af. Onze bagage stond naast de wasmachine. Voor mij was een uitgeklapt opklapbed naast een getraliede deur neergezet. Daarachter was een groot gat. Dat waren de gangen onder Parijs.

'Er is een hele ondergrondse stad onder de bovengrondse stad,' zei mijn broer.

'Ik vind dat gat eng, pap.'

'Het is wat unheimisch, maar het kan geen kwaad.'

Een laken met elastiek dat hij in de wasmand vond, hing hij over de punten. Dat het niet meer zichtbaar was, hielp me tot mijn verbazing om niet meer bang te zijn.

Het matras veerde lekker toen ik erop sprong. Na een paar keer raakte ik net met mijn haar het plafond, zo dat het nog geen pijn deed.

'Pap?'

'Ja, drol.'

'Dus jullie vinden dat wij tot dit volk behoren?'

Ik wees naar boven, naar waar mijn familie ergens moest zijn.

'Precies. We stammen er allemaal van af.'

'Iedereen behoort tot het volk?'
Hij knikte. 'Dat weet je toch?'
Ik had het nooit expliciet formeel vastgesteld.
'Oma Boma ook?'
'Oma Boma ook.'
'Tante ook?'
'Ja, die ook.'
'De andere tante ook?'
'Yes.'
'Mevrouw Cohen ook?'
'Nee, die niet.'
'Nee?'
'Jawel, die ook.'
'Pap?'
'Drol.'
'Kun je nog wat meer over mijn voorouders vertellen, de loeftmentsjen? Maar zonder cynisme?'
Het bed deukte in onder zijn billen. Mijn lichaam schoof naar hem toe in de kuil die ontstaan was, maar ik vond het niet erg. Het was koel in de kelder. Ik kreeg het aangenaam warm tegen hem aan.
'Ik zal jullie vertellen over de vader van de vader van de vader van de vader van de vader van de vader van de vader, hoever ben ik... ?'
'Ik heb niet geteld.'
'... van de vader van je moeder: Henoch, de opperrabbijn van Tjernivtsji, jullie ooooooooooooooooooooooooooooo ooooooopa. De man is geboren in een klein chassidisch dorp dat ze daar een sjtetl noemden. Hutjes stonden er rommelig door elkaar, als in het dorpje van Asterix en Obelix. Mensen kennen het tegenwoordig van *Fiddler on the Roof*.

‘Wat is een vidler on de roef?’

‘Het is een film over hoe het leven vroeger was in de dorpjes van je oooopa. Ze zingen erbij. Chassidiem zijn vrolijk. Jullie moeder houdt daarvan. En ze houdt van hun mystiek.’

Hij vervolgde: ‘Stel je voor: je staat in een armoedig kamertje met wanden van ongeverfd hout. Henoch geeft een zacht schopje tegen een houten kist in de hoek van de kamer. “Daar ben ik in geboren.” Hij gaat op het matras zitten. Strootjes steken uit de zijkanten. “Kom, Naff, ik moet je wat laten zien.”’

Ik keek naar mijn vader.

‘Ja, hij spreekt tegen jou. Uit zijn broekzak haalt hij een doosje. Dat houdt hij in zijn hand, maar doet het niet open.’ Mijn vader gaf mij een doosje. ‘“Waar ruikt het naar?” vraagt oooopa.’ Mijn vader keek naar me.

‘Het ruikt naar stof en naar vroeger,’ zei ik.

‘“Je mag het hebben als we bij mij thuis zijn, Naff,” zegt oooopa in het verhaal. “Het heeft magische krachten. Hou het in je hand en open het onder geen beding.” Naff pakt het met twee handen aan en houdt het gesloten, ondanks zijn nieuwsgierigheid.’

‘Net als in het echt,’ zei ik met het doosje dichtgeknepen.

‘Zo is het maar net, drol,’ zei mijn vader.

‘Hoe gaat het verder?’

‘Het geluid van een zingende viool stroomt de kleine kamer binnen, die niet groter dan een kippenhok is. De deur kraakt open, de modder buiten plakt aan oooopa’s voeten. De buitenkant van het houten hutje is ook ongeverfd, kaal, ruw. Op het dak speelt een *chosed* in een zwart pak viool. Lang geleden hebben ze een gemeenschappelijke kledingstijl gekozen en tot de dag van vandaag hebben ze geen reden gezien om er iets aan te veranderen. Zwart kleedt goed af, vinden ze.’

'Doe niet zo flauw,' zei mijn broer zonder op te kijken van zijn boek.

'Op het perron van een stationnetje aan de rand van het gehucht gaan Naff en hij op een bankje zitten. Oooopa krabt aan zijn kruis.'

Ik grinnikte.

'De Naff in het verhaal vindt het ook grappig,' zei mijn vader.

Het houten doosje hield ik nog steeds tussen mijn vingers geklemd.

'Op het spoor zit een dalmatiër tussen de rails te kakken. Nu glimlacht oooopa. Misschien om de hond, misschien beleeft hij een mystiek moment.'

'Wat ís mystiek dan?'

'Dat is moeilijk te omschrijven. Het is een kruising tussen dromerig en heilig.'

'Heilig ken ik en dromerig ook.'

'Dromerig ken je maar al te goed. Hoe dan ook. Een dikke man die twee grote koffers meesleurt, blokkeert even het zicht op de hond. Als niet veel later de trein met gesis van stoom en een schallende toeter van de locomotief voor het perron stopt, helpt de conducteur de man zijn bagage de coupé in te duwen. Naff kan de hond zien liggen onder de trede van de treindeur als ze instappen. Henoch neemt plaats in de coupé. Het is een grote, waar iedereen door elkaar zit.

Naff rent helemaal naar het einde van de trein. Daar is een balkonnetje. Hij wil het dier zien als ze wegrijden. De trein zet zich in beweging. De rails glijden onder hem vandaan alsof ze een ladder afdalen. Dan komt de dalmatiër tevoorschijn, hij ligt, gaat staan, rent nog even achter de trein aan. Hij stopt bij een worst die tussen de rails ligt, waarschijnlijk door iemand uit het raam gegooid. Naff blijft staan kijken tot ze zo ver verwijderd zijn dat hij onzichtbaar is geworden.

In de coupé waar hij oooopa terugvindt, zit het vol met mensen in dezelfde kleren, maar er zijn ook mensen van andere volken. Na een hele tijd, ik weet niet precies hoe lang, misschien drie uur, stappen ze in een middelgrote stad uit de trein, verlaten het perron door de stationshal en lopen gehaast door nauwe straatjes met links en rechts houten huisjes, mooier en groter dan ze in de sjtetl waren.

"Ik ben de opperrabbijn van Tjernivtsji, wist je dat?" zegt oooopa,' zei mijn vader.

Ik schudde mijn hoofd met dat doosje in mijn hand.

'"Elk jaar komen drommen mensen voor persoonlijke raad naar me toe," gaat oooopa verder. Naff en hij stoppen bij een voortuin waarin gras wild alle kanten op groeit en negen mannen in de ooit afgesproken kledingstijl wanordelijk over het gazon verspreid met veel gebaren staan te praten. Een enkeling zit zwijgend op afbrokkelende tuinornamenten voor zich uit te staren.'

Het beeldje haalde ik uit mijn tas, en ik zette het op het nachtkastje.

'Oooopa groet kort, gaat naar binnen, de trap op naar boven, de studeerkamer in. Zijn vrouw is daar bezig dingen recht te leggen.

"Brucha, dit is Naff," zegt oooopa, en hij gaat achter het bureau zitten.

"Kimm," zegt Brucha. Ze gebaart Naff met haar mee te gaan. De Duitse variant van het Jiddisch dat ze spreekt, verstaat Naff niet, maar dat ene woord begrijpt hij wel. Beneden in de keuken laat zij haar billen op een krukje voor een grote berg kippen zakken.

"Wat doe ik hier, mevrouw?" vraagt Naff.

Brucha begint met snelle, ritmische bewegingen, bijna als een robot, een voor een de veren uit een grote kip te trekken die ze aan de poten vasthoudt.

"Mijn man is een dromer," zegt ze. "Zo moet jij niet worden."

"Dromen is prettig," zegt Naff in het verhaal,' zei mijn vader.

'Dromen is prettig,' zei ik.

'Ik dacht al dat je dat zou zeggen. Brucha is het er niet mee eens: "De rebbe is een nietsnut. Grootse, mystieke verhalen ophangen, dat kan hij, maar zorgen voor eten op tafel, ho maar."

Ze zucht, stopt met plukken en kijkt Naff klagelijk aan, als je dat zo kunt zeggen.

"Mijn leven is geen pretje, jongen. Elke ochtend om zes uur trek ik met mijn zonen naar de markt om voor zo weinig mogelijk geld koosjere kippen te bemachtigen, net zo lang pingelend tot de kooplui alleen nog maar willen dat ik wegga met mijn Jodenkop. Dat zeggen ze gewoon. Tegen tienen heb ik er meestal genoeg verzameld en trekken we met een kar vol kakelende kippen in een stoet huiswaarts. De mensen in de stad noemen me de koningin van de gladde, koosjere kip."

"U hebt toch een mooi handeltje?" zegt Naff,' zei mijn vader. 'Een bezoeker die net boven bij de rebbe is geweest, verschijnt in de deuropening van de keuken.

"Ies, ies, nimt Of fir die Wiebele. Und die Kinder."

Of is kip. *Ies* is eet.

De man knikt en lacht dankbaar. Hij kan het huis van de rebbe niet verlaten zonder minstens twee veel te dure kippen van Brucha af te nemen.

"Het is een mitswe," zegt ze.'

‘Wat is een mitswe?’

‘Een goede daad. Brucha laat een tasje aan Naff zien. De naam van de rebbe is erop geborduurd.

“Doe maar een kip voor ieder van mijn elf diamantjes thuis,” zegt de man.

“Elf kinderen? U bent goed bezig,” zegt Brucha. Veel kinderen was gebruikelijk en zelfs een mitswe. “Bevalt het?”

“Als ik je een diamant geef, zeg je dan nee? En twee? En drie? En elf?”

Even lacht hij, dan gaat hij verder met: “Maar serieus, als je zoveel kinderen hebt, krijgen ze hun eigen persoonlijkheid en zoek je niet meer naar jezelf in ze.”

De kippen worden allemaal in afzonderlijke tasjes verpakt. Brucha neemt de bezoeker en één kip in zo’n tasje mee naar boven, naar de deuropening van de werkkamer. Oooopa staat zuchtend op, hij komt naar de deur en daar zegent hij de kip, onwillig en zonder veel overtuiging.’

‘Voor de kip was het ook geen pretje,’ zei ik.

Mijn broer moest lachen. Mijn vader probeerde het niet te doen.

‘Beneden hangt Brucha met hulp van twee dochters de elf tasjes om de schouders van de man. Hij waggelt traag en onhandig de straat uit, zoals de man op het station met de te grote koffers had gedaan.

“Naff, jij houdt ook van dromen?” vraagt Brucha.

Naff knikt.

“Zoek een goede vrouw later,” zegt Brucha.’

Mijn vader was even stil, ik neem aan om de spanning op te voeren.

‘Dat is hun verhaal.’ Hij stond op. Het matras schoot omhoog. Bij de keldertrap draaide hij zich nog een keer om.

'Bewaar het doosje goed, Naff. Het is al generaties lang in de familie.'

Toen ging hij naar boven.

Het verhaal had hij speciaal voor mij verteld. Dat was voor het eerst dat iemand dat voor mij had gedaan. Dat was leuk. Al begreep ik niet zo goed wat hij er precies mee wilde zeggen. Ik voelde me verwant met Henoch en zijn dromerigheid, maar die kwam er in dit verhaal niet zo goed van af.

Het doosje legde ik onder mijn kussen. Voorlopig liet ik het nog even dicht. De verrassing van wat erin kon zitten, was nooit te overtreffen geweest door wat er echt in zat, wat dat ook was. Nou ja, als het een oog van een dode was geweest wel, natuurlijk. Of iets anders absurds, maar dat verwachtte ik niet.

Ik sliep op mijn buik, mijn handen onder mijn kussen, met het doosje tussen mijn vingertoppen. In het donker probeerde ik er niet aan te denken. Dat lukte niet erg. 'Niet aan denken, niet aan denken, niet aan denken,' fluisterde ik tegen mezelf.

'Waar moet je niet aan denken? Die oorlog van ze?' zei mijn broer.

'Wat er in het doosje zit.'

'O, dat.'

Met mijn pink wipte ik echt per ongeluk het deksel een stukje open. Wat erin zat kwam tegen mijn vingertopje. Het voelde gek aan, korrelig. Toen ik dieper in het doosje tastte, werd het gladder. Het rook vreemd, muffig, maar niet onaangenaam. Ten slotte hield ik het niet meer, deed het lampje naast mijn matras aan, wipte het deksel er helemaal af en aaide het kippenbotje dat erin zat een hele tijd. Het was alsof ik vanaf dat moment met het verleden verbonden was, alsof het verleden ook van mij werd, alsof ik zelf een kind van Henoch en Brucha was.

Meteen daarna kwam de derde ontdekking: hoe het zat met dat Ding. Het kwam allemaal veel te snel achter elkaar, denk ik nu, en dat het daardoor in mijn hoofd misging.

Eindelijk was er de gelegenheid het boek uit mijn tas te halen. Het was zwaar op mijn benen. Mijn broer merkte het en kwam vanuit zijn bed naast me staan.

'Wat heb je daar? Weet je wel waar je naar kijkt?'

'Niet precies.'

'Niet precies of helemaal niet?'

'Helemaal niet. Het moet iets met dat Ding te maken hebben waar ze altijd zo geheimzinnig over doen.'

Hij sloeg een paar bladzijden om. Op een foto een berg naakte mensen, hun voeten naar me toe gericht. Eén jongen lag andersom. Tussen de voeten keek hij me aan. Met de polaroidcamera maakte ik een foto.

'Dat deden ze met de loeftmentjsen. Allemaal vermoord door die man met die snor.'

Hij bladerde verder in het boek. Op een andere foto stonden mannen in gestreepte pakken. Dat was het moment dat ik een beeld kreeg bij waar mevrouw Cohen het over had gehad. Of in elk geval in zekere mate. Hoe het was om daar te zijn, las ik later in boeken als *Is dit een mens* van Primo Levi.

Hij liet een foto van Hitler zien en de kamer van een herdershond. *Blondi*, stond er onder de foto. De kamer was ingericht als een kinderkamer. De herder lag in het bed.

'Snap je?' zei mijn broer. 'Daardoor doen ze zo raar.'

'Moeten ze er nog steeds van bijkomen?'

'Wat denk jij?'

Hij lachte en liet het boek aan mij. Hij ging terug naar zijn eigen bed.

Na een tijdje bladerde ik naar de foto van die berg mensen. Die ene jongen keek me aan. Er kwam ineens een enorme druk op mijn buik. De wc was boven aan de trap. Het was koud aan mijn blote voeten.

'Bezet!' riep mijn vader. De stank van rotting kwam onder de deur door.

Terug in de kelder zag ik alleen een wasbak. De drang werd erger. Ik was ook een beetje misselijk aan het worden. Achter het laken was het hek.

Nee, dat kon ik niet doen. Dat kon je niet maken.

Het leek me ook eng daarbinnen. Maar ik moest zo nodig.

'Wat doe je?' zei mijn broer.

Het hek was net niet hoog genoeg om er zonder pijn onderdoor te gaan. De punten schraapten over mijn rug.

'Waar ga je heen? Doe normaal.'

De gang was rommelig gehakt. Geen gladde muren. Alles was wit. Het reflecteerde genoeg licht om wat te zien. Er kwam rook uit mijn mond. Grappig. Soms stapte ik met mijn voet op een rotspunt. Met mijn hand tegen de muur zocht ik de weg. Af en toe keek ik achterom naar het laken dat als een spook bij de ingang hing. Het was een spookje geworden. Ik was minder bang dan ik vooraf gedacht had. Mijn billen stak ik in een nis, mijn hoofd liet ik er uitsteken, de gang in. Ik kakte als een hond in het park. Ik was als de Duitse herder van de man met de snor.

Toen kreeg het spook ineens een hoofd. Mijn broer had zichzelf tussen twee spijlen geperst. Met zijn schouders bleef hij steken. Bij het hek veegde ik mijn handen aan het laken schoon voor zover dat ging.

‘Wat deed je daar?’

‘Ik moest nodig.’

In boeken krijgen mensen altijd nogal sterke fysieke reacties op heftige emoties. Maar het was in mijn geval echt zo. En het bleef niet bij die ene keer. Maar dat komt nog.

‘Ga je wassen bij de wasbak. Je stinkt,’ zei mijn broer.

Het water stroomde koud langs mijn billen. De wasbak was groot voor een wasbak en klein voor een badkuip.

Het boek lag niet meer op mijn bed.

‘Mag ik dat fotoboek nog eens zien?’

‘Doe maar niet.’

Hij aaide me over mijn bol, wat hij nog nooit eerder had gedaan, en hij stopte me in bed.

‘Slaap lekker, Naffie.’

‘Huhghm,’ mummelde ik.

Na een tijdje hield ik mijn adem in om te luisteren of hij sliep. Hij ademde onrustig. Na een hele tijd wachten en doen alsof ik sliep, hield ik opnieuw mijn adem in om te luisteren. Mijn broer ademde nu rustig, gelijkmatig. Het bed kraakte toen ik eruit kwam, maar hij bleef slapen.

Waar was het boek? Op een plank boven de wasmachine stonden de dozen met wasmiddelen. Daar lag niks op. Het omhoog- en omlaagklimmen deed ik zo stil mogelijk. Onder de wasbak lag ook niets. Mijn broer merkte niet dat ik onder zijn matras voelde. Ook niets.

Het laken wapperde toen ik onder het hek door tijgerde. Drie keer mijn lengte lag het vanaf het hek. Zo ver had hij het geworpen. Waarschijnlijk was hij vergeten dat ik eronderdoor kon kruipen of dacht hij dat ik daar niet zou kijken. In mijn bed knipte ik het nachtlampje aan. Bladzij na bladzij na bladzij na bladzij na bladzij foto’s.

‘Doe je dat boek weg?’
Hij stond naast mijn bed.
‘Je begint een echte Jood te worden. Altijd die oorlog.’
H. keek me aan met die snor. Die ogen. Wegkijken ging niet.

Loeftmentsj revisited

Wat deed het met me om het te ontdekken van die oorlog? Het veranderde me.

Die nacht lag ik naar het plafond te staren. Dat ik mensen wilde helpen, wist ik al. Die nacht werd het me duidelijk dat ik zou beginnen met mensen van het volk en daarna wel verder zou zien hoever ik kwam met de rest van de mensheid.

Er begonnen verhalen in me op te komen.

Ik heb nog wel geslapen, want 's ochtends werd ik wakker. Mijn broer was al uit bed. Boven in de keuken zat hij met mijn ouders aan het ontbijt. Ik nam een croissant. De familie zag ik nergens.

'Waar is iedereen?'

'Ze zijn al naar de synagoge vertrokken,' zei mijn moeder. 'Een van de kinderen loopt met ons erheen.'

'Er zijn er genoeg van,' zei mijn vader.

'Er kwam vanochtend een verhaal bij me naar boven. "De eeuwige dood van de loeftmentsj" heet het.'

'Lekker begin,' zei mijn broer.

Mijn moeder schonk me thee in en zei: 'Toe maar.'

'Het Ding trok over Europa. Het was niet gevoelig voor de specialiteit van de loeftmentsj, het verkopen van praatjes. Een voor een slokte het Ding hen op. Slechts een enkeling ontkwam, willekeurig door het lot uitgekozen. Een kind, een bejaarde, een zevenjarig meisje uit Moldavië. Die laatste had op die leeftijd al alle kwaliteiten van een loeftmentsj. Mensen die over haar hoorden, raakten nieuwsgierig, bezochten haar op haar verstopplek, brachten kip voor haar mee, wilden haar in levenden lijve horen vertellen. Ondersteboven van de magische verhalen die uit het kind kwamen, vertelden zij anderen van haar bestaan, ook zij zeiden tegen hun vrienden: je moet er geweest zijn, je moet het gehoord hebben. Natuurlijk mochten ze de plek alleen verklappen indien ze zweerden het niet verder te vertellen. Maar zoals dat gaat, langzamerhand verdween die voorzichtigheid, werden mensen slordig, met name als ze het niet direct gehoord hadden van iemand die er was geweest, als het via via tot ze was gekomen, als ze alleen de mythe kenden. Op het laatst vergaten mensen helemaal haar verbergplek geheim te houden, waarna het Ding het wonderkind uiteindelijk alsnog te pakken kreeg.'

Even was het stil. Ik zei plechtig: 'Dat was het.'

Mijn vader reageerde vrolijk. Misschien bijna opgelucht.

'Wat een mooi verhaal, Naff. Misschien ben je toch geen idioot. Gek of genie, die dingen liggen soms dicht bij elkaar.'

Ik had toen geen idee of het cynisch bedoeld was, en zo ja, welk deel, maar ik denk dat hij het misschien wel allemaal meende.

'Laten we niet overdrijven,' zei mijn moeder. 'Het is een gewone jongen met veel fantasie.'

'Is het beleefd om over iemand te praten die erbij zit?' zei mijn broer.

Mij maakte het niet uit. Ik was benieuwd naar wat ze van het verhaal vonden.

'Hij is net als zijn opa, de grote schrijver,' zei mijn vader.

Een van zijn boeken was in 1941 een bestseller geworden.

‘Ik doe mijn best,’ zei ik. ‘Ik hou van de loeftmentsjen.’

‘Je bent zeven,’ zei mijn moeder.

Mijn broer zei: ‘We moeten gaan. Ik ga me omkleden.’

‘Verkleden, moet je zeggen,’ zei mijn vader. ‘Omkleden is een germanisme.’

‘Je bent zelf een germanisme,’ zei mijn broer droog. Dat vond hij leuk om zeggen: je bent zelf dit of dat.

‘Nee, jongen. Ik ben aan de Germanen ontkomen.’

Daar had mijn broer dan weer niet van terug. Over de oorlog ging het vaak in dat soort losse opmerkingen. Een afgerond verhaal werd er niet verteld.

Ze gingen de keuken uit om zich te ver- dan wel omkleden. Ik was met mijn moeder achtergebleven in het hok. Zij deed de afwas met de kraan open. Ze gaf mij een theedoek. Die had ze van huis meegenomen.

‘Die verhalen, hè, Naff, die kun je beter binnen het gezin houden.’

‘Ik kan het niet tegenhouden,’ zei ik.

‘Die oorlog en alles, dat ligt nogal gevoelig in Nederland.’

Het was net alsof ze het zelf niet had meegemaakt. In zekere zin was dat ook zo. Het was in elk geval heel anders gegaan voor haar.

‘Ik wil alleen maar helpen.’

‘Je hebt iets messiaans. Anderen helpen een beter mens te worden.’

‘Wil niet iedereen dat?’

Ze schudde haar hoofd.

‘Het is schaars en het valt niet altijd goed bij anderen.’

Tijdens dat hele gesprek was het voor het eerst dat ze niet geïrriteerd was.

De bat mitswe

Het tweede verhaal kwam later die ochtend. Hoe ik mensen van het volk kon helpen, begon zich langzaam aan me te openbaren. Het was ook echt een openbaring.

Dat ging zo: nadat we de tafel afgeruimd hadden, nam een ander nichtje, Belah, ons mee de voordeur uit om naar de synagoge te lopen. Ik had mijn tekenspullen bij me. Ik had nooit kunnen raden dat daar een probleem mee zou zijn, hoewel ik al doorhad dat er veel regels waren.

Op de stoep bleef Belah stilstaan en keek naar mij. Mijn vader keek naar de voorbijkomende mensen. Mijn broer sprong op en neer alsof hij aan het touwtjespringen was zonder touw. Het was druk op straat. Overal om ons heen kwamen mannen in zwarte pakken voorbij, soms met hun vrouw en kinderen, de jongens in dezelfde kleding als de vader, de meisjes net als in de bioscoop in dezelfde rokken als hun moeder, met dezelfde maillots eronder, de moeders nog steeds met een doek om hun hoofd en de meisjes niet. Het deed me allemaal aan de film van rabbi Jacob denken.

Belah bleef maar naar me kijken en zei ondertussen iets tegen mijn moeder.

'Naff, leg die tekenspullen binnen.'

'Waai, mie leedie?'

Dat had ik uit een Engelse serie die mijn broer keek en waar hij altijd hard om moest lachen.

'Op sjabbat mag je buitenshuis niets dragen, behalve dat wat direct op je lichaam zit, zoals kleding. En je mag ook niet schrijven. Het is een rustdag.'

Ik stak de tekenspullen onder mijn oksel.

'Kijk, mama, zonder handjes.'

'Oi wee,' zei ze.

'Je gaat er Jiddisch van praten, Joeks,' zei mijn vader.

'Wat is "oi wee"? Hoe spel je dat?'

'Leg het nou binnen, Naff. Je hebt er niets aan. Je mag niets creëren op sjabbat. Zo doen ze dat hier. Geen tekeningen, niet schrijven, zelfs niet scheuren.'

'Zij hoeven toch niets te creëren? Ik alleen.'

'Zo werkt het niet. Het wekt irritatie.'

Zou irritatie iets religieus zijn?

Ze keek om zich heen om te zien of voorbijgangers haar problemen gingen geven met zo'n ongehoorzame zoon, maar niemand had belangstelling voor wat ik deed. Dat viel me eigenlijk wel tegen.

'Ook geen loeftmentsjverhalen, Naff,' zei ze.

'Dan missen ze wel wat,' zei mijn broer.

'U bent mijn meesteres,' zei ik.

'Waar heb je dát nou weer vandaan?' zei mijn moeder.

Belah deed de voordeur van het huis van mijn tante voor me open met een sleutel die aan een touwtje om haar nek hing. Een windvlaag kwam mee naar binnen. Een luchtstroom creëren mocht kennelijk wel. Binnen verstopte ik alles onder mijn jas en stapte weer naar buiten.

'Kimm, Jiedels,' zei mijn vader.

'Je gaat er Jiddisch van spreken, pap,' zei mijn broer.

Daar moesten ze om lachen.

'Waarom dragen de vrouwen eigenlijk een hoofddoekje?'

‘Jij wilt ook alles weten, Naffie,’ zei mijn vader.

Een vrouw zonder hoofddoek liep langs. Ze had heel mooi haar, waar ik aan wilde komen, maar dat mocht zeker niet. Dat kon ik zelf nog wel bedenken.

‘Die vrouw heeft geen doek op haar hoofd, mam,’ zei ik.

‘Kleine shariapolitieagent,’ zei mijn vader.

‘Halacha,’ zei mijn moeder. ‘Zo heten de regels. Als ze die heel streng volgen, scheren ze hun hoofd helemaal kaal en dragen ze een sjeitel in plaats van een hoofddoek. Een pruik.’

Toen wist ik zeker dat het niet makkelijk voor ze was om hun leven zomaar te verlaten, maar dat ze er zonder twijfel weleens over nadachten.

‘Hoe spel je “sjeitel”?’

‘S-j-e-i-t-e-l.’

‘Het is heel mooi haar, eerlijk gezegd,’ zei mijn broer. ‘Waarschijnlijk mooier dan hun echte haar.’

Belah liep een halve meter voor ons uit. De stroom loeftmentsjen werd dikker en dikker als afgekoeld kippenvet. Het deed me aan rabbi Jacob denken. Voor de deur van de synagoge stuitten we op een ophoping. Traag duwde iedereen zich naar binnen. Belah wees dat we ons daarin moesten begeven. Mijn moeder nam ze bij de arm. Ze verdween met haar de hoek om. Mijn vader, mijn broer en ik lieten ons meesleuren in de massa.

We bleven bij de deur van de gebedsruimte staan wachten om te zien waar we heen moesten.

‘Gitt, gitt,’ zeiden mannen achter ons. Ze wilden naar binnen en sleurden ons met zich mee de opening door.

‘Hé, rustig aan, luitjes,’ riep ik, maar dat maakte weinig indruk.

In de gebedsruimte lag een houten vloer, sleets geraakt door de vele schoenen die eroverheen gelopen hadden. Bijna overal stond wel iemand. Gebedenboeken lagen verspreid over houten bankjes. Het plafond was laag, wat het gezellig maakte. Niet zoals in een kathedraal, waar het plechtiger was maar waar je je tegelijk nietig voelde in de hoge ruimte.

Wij stonden met zijn drieën vlak naast de deur. Mijn broer keek me samenzweerderig aan.

'Hoe vind je de loeftmentsjen, Naff?'

'Ze doen best normaal voor mensen die allemaal uit "die oorlog" zijn teruggekomen,' zei ik.

'Vind je? En de sjtreimels dan? En de zwarte pakken?'

'Is het beleefd om over iemand te praten die erbij zit?' zei ik.

Daar moest hij om lachen.

'Wijsneus. Je hebt gelijk. Maar ze verstaan ons toch niet?'

'O ja.'

De man van mijn tante, die iedereen welkom heette, schudde ook ons de hand. Het is eigenlijk de tante van mijn moeder, maar goed, daar doen ze niet moeilijk over bij ons in de familie. Er zijn er al zo weinig teruggekomen, zeggen ze als je ernaar vraagt. Hoe meer familie hoe beter.

Achter een extra hoge tafel met een dakje erboven, in het midden van de ruimte, stond een van de loeftmentsjen. In *De avonturen van rabbi Jacob* had een jongen naast hem gestaan en iets gezongen. Dat was een heel ding geweest. Toen hij klaar was, werd hij gefeliciteerd door alle aanwezigen. De loeftmentsj achter de tafel gebaarde naar de man van mijn tante dat hij moest komen.

'Kimm, kimm,' zei die weer tegen ons. Hij gebaarde dat we hem moesten volgen.

'Zie je, drol. Ik heb niet gelogen,' zei mijn vader. 'Kimm. Wij mogen voor de *bieme* zitten, die hoge tafel waar de rabbijn achter staat.'

We liepen door het middenpad naar voren. Daar zag ik waar mijn moeder was gebleven. De vrouwen zaten rechts achterin, verstopt achter een scherm, letterlijk afgeschermd van de mannen. Het scherm deed aan het hek in de kelder denken, maar met een soort gaas tussen de spijlen. Mijn tante zat vooraan in het midden, mijn nichtje en mijn moeder links en rechts van haar.

Mijn vader en mijn broer werden links van de man van mijn tante gezet. Iemand tilde me op en zette me bij mijn vader op schoot.

'Waarom zitten de vrouwen achter een scherm, pap?'

'Anders raken de mannen te veel afgeleid tijdens de dienst, drollemans.'

'Hoezo dan?'

'Dat leg ik je nog... Ze praten te veel.'

Mijn broer moest lachen. Waarom was me niet duidelijk.

'Gaat Esther zingen?' zei ik.

'Meisjes mogen dat niet. Ze wordt alleen genoemd.'

Van de dienst begreep ik toen nog niets. De mannen lazen zonder enige zichtbare leiding uit boeken, soms hardop, soms in stilte, soms staand, soms zittend, soms zongen ze samen en soms kletsten ze wat met elkaar. Soms tijdens het bidden, dat ze davvenen noemden, schudden ze hun lichaam naar voren en weer naar achteren, wat ze sjokkelen noemden. Ik schreef het als daffenen. Als je niet goed oplette, klonk het als naffenen.

'Zit er een systeem in wanneer ze wát doen, pap?'

'Wat heb jij toch veel belangstelling voor de dingen,' fluisterde hij. 'Het heeft allemaal met God en de Thora te maken. Als dat kastje met de thorarollen open is, moet je uit respect gaan staan. En bij sommige gebeden over God moet je om dezelfde reden staan. Er zijn ook mensen die gaan staan op het moment dat anderen boos naar ze kijken wanneer ze blijven zitten. Zo iemand ben ik.'

Ik keek naar de thorarol die uitgerold op de bieme lag. Handgeschreven op perkament. De letters waren gekalligrafeerd in een sierlijke stijl. Dat is nog een hele kunst om te doen. Een keer heb ik les in kalligraferen gehad. Ik heb andere talenten, zullen we maar zeggen.

Een man stond klaar om het stuk van de week te zingen. In zijn rechterhand had hij een zilveren aanwijsstok met aan het einde daarvan een hand met uitgestoken wijsvinger, als de hand van iemand die bij het lezen de regels aanwijst. De thorarol was volgens hen zo heilig dat die niet met de nietige hand van een mens aangeraakt mocht worden. Misschien was vet gewoon slecht voor het perkament.

Zou Henoch zo hebben gestaan in zijn tijd? Nee, nee, hij zal niet gezongen hebben. Hij sprak de mensen toe, hij leidde de dienst. De voorzanger deed de rest. Brucha zal gezeten hebben waar mijn tante zat, nog ruikend naar rauw bloed en ranzig vet van de door haar geslachte en geplukte kippen, een geur die je nooit helemaal weg krijgt, hoe hard je ook boent.

Hoe dan ook. De voorzanger had net ingeademd. Toen gebeurde het. Rumoer.

'Nu komt het, Naff,' zei mijn vader.

De vrouwen waren allemaal tegelijk opgestaan. De mannen praatten opgewonden. Het was nog rommeliger dan de chaos die er eerder was geweest.

Dat al die vrouwen op waren gestaan zonder dat God erom gevraagd had, gaf verwarring bij de mannen in de synagoge.

Die verwarring, die chaos, die rabbijn die in paniek raakte, vond mijn vader leuk. Ik eigenlijk ook wel.

De mannen liepen heen en weer door de synagoge zoals de gekooide tijgers in Artis doen. Precies op dat moment kwamen de vrouwen naar voren en ze schoven de voorzanger opzij en mijn nichtje werd op zijn plek gezet.

De rabbijn staarde een hele tijd strak naar het meisje en dacht na over de religieuze consequenties van de toestand, althans dat vermoedde mijn vader hardop in het Nederlands. Bij het denken streelde de rabbijn zijn baard zachtjes van boven naar beneden en trok een beetje aan het puntje. Na een tijdje veranderde zijn gezichtsuitdrukking. Met een houding die ik plechtig zou willen noemen, alsof hij de winnaar was, liep hij naar het leeg geworden vrouwendeel en ging op de eerste rij achter het scherm zitten, precies op de plek waar mijn tante eerder had gezeten. Na enige aarzeling en toen lachend volgden de meeste mannen de rebbe. De gasten als wij bleven waar ze zaten. Mijn oom bleef ook bij ons.

Het vrouwendeel was overvol. Er waren drie keer zoveel mannen als vrouwen. Niemand kon normaal ademen. Als ze het toch zouden doen, als ze lucht naar binnen zouden hebben gezogen, zou het opzwellen van hun borstkassen de mensen aan de randen achter het scherm vandaan geduwd hebben.

'Mannen en vrouwen moeten gescheiden zitten tijdens de dienst. Maar er staat nergens dat mannen de dienst moeten leiden. Laat die vrouwen het maar een keer doen, moet de rabbijn gedacht hebben.'

Dat mompelde mijn vader meer tegen zichzelf dan tegen mij of tegen mijn broer.

'Wat weet jij veel over dat soort dingen,' zei ik.

Hij aaide me over mijn bol.

Het werd stil, op wat gehoest en gegniffel na. Mijn nichtje ademde in en ze zong uit de Thora als een engeltje, althans, dat zei mijn moeder na afloop. Of dat zo was, wist ik niet, maar ik vond wel dat ze mooi gezongen had. En ze was zelf mooi, al met kleine borstjes.

Na afloop in de bijzaal feliciteerde iedereen haar met een glimlach, ook de mannen. Mij knuffelde ze, en ze drukte me tegen zich aan, wat eigenlijk niet meer mocht nu ze bat mitswe was, een volwassen vrouw, maar niemand deed er moeilijk over.

Een soort drang kwam over me die ik in die tijd nog verwarde met de drang naar de wc te gaan. Mijn tekenspullen lagen nog in mijn jas gewikkeld onder mijn stoel. Na het feliciteren van mijn nicht rende ik terug en viste mijn jas onder de stoel vandaan. De drang leek op wat ik de avond ervoor had gehad, alsof ik moest poepen, maar ook weer niet echt. Als ik ergens anders was geweest, had ik allang getekend of wat geschreven. Hier moest het onopvallend gebeuren en daar had ik nog geen kans toe gezien. Iemand siste tegen me toen die mijn tekenschrift uit mijn jas zag steken.

'Ga maar ergens zitten waar ze je niet kunnen zien, Naff,' zei mijn vader.

Er was in het drukke bijzaaltje van de synagoge nergens plek om ongemerkt te schrijven. Maar de drang alsof ik tegelijk moest poepen en overgeven werd sterker. Misschien was dat het wel. Misschien moest ik gewoon poepen en misschien zelfs overgeven.

Ik vind het wat gênant om dit op te moeten schrijven, maar het is nu eenmaal zo gegaan. Destijds voelde ik er geen gêne bij. Het nam me over. Wat kon ik eraan doen?

Helemaal achterin was een deur met een hartje eruit gezaagd.

Gelukkig was het niet een wc met twee van die voetstappen waar je boven een gat moest hangen, maar een normale, zo een als we in Nederland hadden. Mijn broek viel op de grond om mijn enkels. De bril was koud aan mijn billen. Ik perste, en alsof het van God zo moest gaan, kwam er tegelijkertijd wat uit mijn darmen en uit mijn hand, dus moesten ze niet zo zeuren met hun schrijfverbod. Misschien was het wel hetzelfde. Alsof het beide uit hetzelfde Grote Niets kwam. Ik bleef zitten tot het verhaal af was.

Het viel me ineens op dat het akelig stil was achter de deur. Zelf piepte die overdreven toen ik het hokje uit ging. Het bijzaaltje van de synagoge was leeg. Mijn vader en broer waren hoorbaar, maar buiten het zicht. Het was negen stappen het zaaltje door naar de deuropening van de ruimte met de bieme. Mijn vader en mijn broer stonden erop en deden de rabbijn na. Alle plekken waren leeg, het vrouwenscherm was tegen een muur geschoven.

'Waar was je in godsnaam?' zei mijn vader.

'Op de wc. Er kwam van alles uit.'

'Misschien had ik je gisteren geen oesters moeten voeren.'

Mijn moeder had de dag ervoor nog geprotesteerd in het restaurant.

'Ze zijn treife,' had ze aan tafel gezegd. In het midden was een schaal gezet.

'Wat is treife?'

'Dan is het niet koosjer. T-r-e-i-f-e.'

'Ik dacht met i-j.'

'Hier, drol, probeer maar.'

Mijn vader had een schelp voor mijn mond gehouden.

'Is dat niet te hard?'

'Mond open.'

De oester was naar binnen gegleden. De smaak was aangenaam lekker geweest, zee en glibber tegelijk.

'Mag ik er nog een?'

De procedure werd herhaald. 'Mond open.'

'Mag ik er nog een?'

Hij had de procedure herhaald. 'Mond open,' had hij gezegd, terwijl het die keer niet nodig was geweest.

'Mag ik er nog een?'

'Mond open.'

'Mag ik er nog een?'

'Mond open.'

'Mag ik er nog een?'

'Mond open.'

'Mag ik er nog een?'

'Ze zijn op.'

Hij had naar de ober gezwaaid. Er was nog een schaal verschenen met zes oesters erop. Alles had zich herhaald. Toen de schaal leeg was, had ik gezegd: 'Mag ik er nog een?'

Mijn vader was al aan het gebaren, maar mijn moeder had zijn arm naar beneden getrokken.

'Nu is het genoeg. Straks wordt hij nog ziek.'

'Waarom is zoiets lekkers eigenlijk treife, mam?'

'Je mag niets eten wat nog leeft.'

'Nog leeft?!'

Misschien had het er daardoor op geleken dat de oesters naar buiten waren gekomen en dacht mijn vader daarom dat ik er ziek van was geworden. Of dat God me was komen straffen of zo.

'Dat is het niet, pap. Misschien zijn ze wel de drager van alle goeds.'

Hij bleef achter de bieme staan en zuchtte.

'Loeftmentsjen. Straks ga je nog in die kleren van ze lopen.'

'Ik heb een verhaal voor ze.'

Mijn tekenschrift hield ik even omhoog voor ik het weer onder mijn jas verborg. Niet alleen voor als er ineens een vrome aan was komen lopen die zou sissen.

'Het moet een verrassing blijven, pap. Het is een cadeau aan mijn nicht en tegelijk voor alle anderen die het kunnen gebruiken.'

'Kimm,' zei mijn vader. 'Kleine wereldverbeteraar.'

De man zonder oorlog

Het feest waarop ik het verhaal voor wilde lezen, vond die avond in een zaal van een hotel plaats. De mensen schoven traag in de richting van mijn nicht, de meeste met een enveloppe in hun hand. Dat duurde me te lang. Het viel hun door mijn lengte niet op dat ik langs de rij schoof. Mijn nichtje maakte het ook niet uit.

'Ik heb een verhaal voor je,' zei ik.

'Wat lief.'

Haar Nederlands klonk als dat van mijn oma, maar met een veel sterker Frans accent. Oma Boma was vanaf haar veertiende in Brussel opgegroeid, maar woonde alweer lang in Nederland.

'Ik wil het voordragen. Dat is mijn cadeau voor jou en voor iedereen.'

Even keek ze naar me.

'Weet je het zeker?'

Ik knikte.

Toen zette ze me op de cadeautafel. Ik had op tv weleens gezien dat mensen in een café op de bar dansten. Mijn nicht begon te roepen en te gebaren dat iedereen stil moest zijn.

'Wat zegt ze, mam?'

'Wat denk je?'

'O ja.'

'Toe maar,' zei mijn nicht met dat zachtaardige accent.

Ze riep iets wat klonk als *'Lom san ker'*. Het was de vertaling. *L'homme sans guerre.*

Toen werd het stil in het zaaltje. Zie je wel? Als het maar over de oorlog gaat.

> *De man zonder oorlog was zich er niet van bewust dat hij een man zonder oorlog was.*
> *Slechts wanneer anderen hem erop gewezen zouden hebben dat hij als enige niet van het bestaan van de Tweede Wereldoorlog had geweten of als ze hem bijvoorbeeld fotoboeken hadden laten zien van die tijd, dan zou hij er alsnog van geweten hebben, enfin, je begrijpt het wel.*

Nadat mijn nicht 'lu homm san ker' had gezegd, klonk de rest uit haar mond voor mij als een klankenbrij. Voor het publiek was het aanleiding de stilte over te laten gaan in geroezemoes.

> *De man zonder oorlog had het meest gelijkmatige leven dat iemand ooit had geleden in het land. En als dat niet zo is, dan was zijn leven toch op zijn minst het rustigste van de afgelopen honderd jaar, waarin een Eerste Wereldoorlog en een Tweede Wereldoorlog uitbraken die volledig aan hem voorbij waren gegaan.*
> *De man zonder oorlog was sluiswachter van een sluisje ergens langs een waterweg waar 's ochtends een boot heen ging en 's middags dezelfde boot weer terugkwam. Het aantal toeristen aan boord varieerde. Het hing af van de overnachtingen in het hotel aan het meer dat achter het sluisje lag.*
> *Op het boekingsformulier stond de volgende tekst: 'Mijn*

man is een schat en de liefste sluiswachter die er is. Dat komt doordat hij nooit voorbij het sluisje is geweest. Maak gerust een praatje met hem over alle persoonlijke zaken die u bezighouden, maar praat alstublieft niet over wat er in de wereld gebeurt. We willen hem graag puur houden.'
Het frappante was dat mensen het verzoek honoreerden. Het werd een spel voor de toeristen om tijdens de twintig minuten op de heenweg dat het water steeg advies te vragen over zeer persoonlijke zaken. Het was een wereldvreemde man, toch leken zijn antwoorden de mensen tevreden te stellen. De afwezigheid van de ruis van het nieuws zorgde er misschien voor dat hij juist dat wat er werkelijk toe deed ongestoord kon waarnemen.
Op een dag hurkte er een jongetje naast hem neer. Zijn moeder en de rest van zijn grote familie bleven op de boot wachten.

– Ben je alleen?

– Mama wacht op de boot.

– Wat een mooi petje heb jij.

– Dat heet een keppeltje.

De sluiswachter deed iets sluiswachterigs en het jongetje volgde hem. Ze liepen vlak langs de rand van de kade.

– Je mama kijkt de hele tijd naar je.

– Ze is bang dat ik niet terugkom. Net als toen.

– Het verleden zegt niets over de toekomst.

– Haar opa is niet teruggekomen.

– Mensen moeten hun eigen weg gaan.

– Ze is bang, altijd. Ze heeft de nachtmerrie dat alles zich zal herhalen.

– Soms is het goed om bang te zijn. Je wordt er alert en voorzichtig van.

– Bent u weleens bang?
– Hier is niets om bang voor te zijn.
– Mag ik bij u blijven? Ik wil niet bang zijn.
– Zonder angst leven kan niet.
– Bij u is er geen angst.
– Van mij mag je blijven, maar dan komen de angsten van je moeder uit. Dat je niet terugkomt.
– Mama blijft toch wel bang, wat ik ook doe.
De man zonder oorlog knikte alleen maar.

De zaal was helemaal stil geweest tot ze klaar was met vertalen. Toen begonnen de aanwezigen ineens allemaal tegelijk te praten en te bewegen, alsof iemand een signaal had gegeven dat ik niet kende en niet opgemerkt had. Mijn nicht tilde me van de tafel en zei met dat accent: 'Mooi verhaal.'

Zij was een van de weinigen die mij waardeerde. De mensen keken naar me alsof er ongevraagd iets bij ze naar binnen was gebracht, wat ook wel een beetje zo was. Soms doet beter worden even pijn, zoals mijn vader altijd tegen zijn patiënten zegt.

De eeuwige sjikse

De laatste stap in de ontdekking van mezelf kwam die zondagavond van onze terugkomst uit Parijs. Het huis was al helemaal in dozen gepakt door verhuizers, die het hele weekend doorgewerkt hadden. De dozen waren tegen de muren gestapeld. De meubels lagen uit elkaar geschroefd ertussen. Mijn vader bracht me naar mijn slaapkamer, waar alleen nog een matras met een deken op de grond lag. Het was hard aan mijn billen toen we gingen zitten.

'Hoe vond je de reis, jongen?'

Het fotoboek had ik nog steeds in mijn tas.

'Pap. Kun je nog wat meer over de oorlog vertellen?'

'Morgen gaan we verhuizen.'

'Wat heeft dat ermee te maken?'

'Niks. Zal ik je een verhaal vertellen?'

'Over de oorlog?'

'Over Zaandam.'

'Denken jullie vaak aan de oorlog terug?'

'Zullen we het daar een keer over hebben als je wat ouder bent?'

'Hoe is het voor mensen om verder te leven nadat ze zoiets hebben meegemaakt?'

'Ze moeten er vrede mee zien te vinden.'

'Ik wil jullie helpen.'

'Grapjas.'
'Ik wil de mensen van het volk helpen vrede te vinden.'
Mijn vader zuchtte.
'Je bent zeven.'
'Verhalen kunnen mensen helpen te genezen.'
Op zijn gezicht kwam een glimlach.
'Drollemans, je hebt het goed voor met de mensen, dat siert je. Hou dat vast voor later. Zal ik je nu een verhaal vertellen?'
Hij legde een fotoboek op mijn schoot.
'Met dat boek heb ik de letters geleerd! De namen staan naast de mensen.'
'Even concentreren, Naff. Dat is de familie in Berends slagerij in Warffum, een van de noordelijkste dorpjes van Groningen, het platste platteland dat je ooit gezien hebt. Je opa is er geboren. Een dorp vlakbij is Pieterburen, waar ze die zeehondencrèche hebben.'
De nagel van zijn wijsvinger was bijna zo groot als het hoofd van Berend naar wie hij wees.
'Mijn broer Jaap staat achter de toonbank. De enige die niet op de foto staat is Miesje.'
'Wel in de tekst.' Ik wees op *Mis-poge*, waar ze tussen haakjes Mies bij geschreven hadden.
'Ze was een eeuwige sjikse. Met haar blauwe ogen en blonde haren betoverde ze Berend, zoals ze dat al generaties lang doen met goeie Joodse jongens uit onze familie. Daar was je moeder denk ik bang voor.'
'Mag je met een sjikse trouwen?'
'Wij zijn modern. Je mag zelf weten met wie je trouwt. Maar knoop goed in je oren wat ik gezegd heb over die vrouwen als we in Zaandam wonen. Let op het gevaar.'
'Ja, pap.'

Ik zei het met een zucht, dan kon het alles betekenen.

'Ik ben modern, maar met sommige dingen niet,' zei hij.

'Misschien zijn die dingen die oud zijn wel nog steeds zo omdat ze zo horen te zijn, omdat er iets achter zit.'

Mijn vader zuchtte. Ik ging liggen met het boek naast me.

'Nou, Naff!' Het gezicht van mijn broer hing ineens boven me. Hij was stilletjes binnengekomen. 'Denk je daaraan als je op school bent?'

'Hij moet toch voorbereid zijn?' zei mijn vader.

Mijn broer fluisterde: 'Dat heeft-ie niet eens zelf bedacht, van die sjikses. Dat is een mythe van het volk. Maar hij gelooft er wel echt in. Trek je er niets van aan.'

'Ik ken een mop,' zei mijn vader. 'Een Joodse jongen komt bij zijn ouders met zijn blonde vriendin. "Ik ben Mies," zegt het meisje, waarop de vader zegt: "Ja, dat zie ik, maar hoe heet je?"'

Mijn vader moest lachen. Mijn broer niet.

'Ik snap hem niet,' zei ik.

'Mies betekent "misbaksel" in het Jiddisch.'

Toen vertelde mijn vader eindelijk een verhaal.

MIES

Oom Berend had een koosjere slagerij in het kleine Groningse dorp Warffum.

Hij was vroeg begonnen met kinderen. Om samen met zijn jonge vrouw Jet te kunnen zijn, werkte zij met hem mee, in het winkelgedeelte. De slagerij had hij van zijn vader overgenomen. Een jaar later werd zijn eerste kind geboren, een zoon. Die was tien toen de kiem van Berends ondergang gelegd werd. De twee meisjes, een tweeling, waren acht.

Miesje, de oppas, was een lelijk kind van dertien jaar met rood haar. Nu zijn er zat mooie meisjes met rode haren, in haar klas zat er een, maar met haar haar was iets wat niet klopte. Het haar had net de verkeerde kleur, alsof het niet precies wist wat het wilde zijn. Niemand kon het fenomeen exact doorgronden. In elk geval zou er door haar geen romantische gedachte in een rechtgeaarde man opkomen, zelfs al had hij in geen duizend jaar een levende vrouw naakt gezien.
Toch werd de vrouw van Berend jaloers als het meisje de slagerij binnenkwam om worst te halen voor de kinderen, alsof ze alles al voorvoelde. De vragen van Miesje waren vrij onschuldig en gericht op haar verantwoordelijke taak.
'Meneer Berend, hebt u nog zo'n lekkere worst voor me?'
Dat zei ze elke dag als ze op de jongen en zijn tweelingzusjes paste. Berend zag er niets kwaads in, maar zijn vrouw werd rood van drift en stuurde Berend gleich *met een sullig klusje dat eigenlijk niet nodig was naar het weitje achter de slagerij, waar zijn koeien graasden.*
'Berend, controleer eens of de tanden van de koeien schoon zijn.'
Hij slachtte de koeien zelf in een speciale ruimte in de slagerij. In hoeverre dit legaal was, vroeg niemand zich af, zeker de burgemeester niet, want Berend was de beste slager van de drie noordelijke provincies en de bestuurder kreeg regelmatig vlees cadeau om aan zijn vrouw te geven als ze druk was met voorbereidingen voor een van hun luxe dinertjes in de burgemeesterswoning.
Maar goed, Berends vrouw en Miesje.
'Neem maar plakjes kipfilet, kind. En nu snel terug naar mijn kinderen.'

De vrouw van Berend hield achter de slagerij kippen, dat was ik nog vergeten te vertellen.
Op vrijdagochtend had ze voor de sjabbatmaaltijd de mooiste kip gevangen, haar vastgebonden, de kop afgesneden en nauwkeurig de veren geplukt. Ze ging er prat op dat niemand zulke gladde, koosjere kippen kon leveren als zij.
Kortom, het was een gelukkig huwelijk met de gladste kippen en de lekkerste koeien en klanten van heinde en verre en twee geliefden die altijd samen waren. Alleen de jaloezie om dat onbenullige kind ging maar niet weg. Misschien dat Berends vrouw het familieverhaal gehoord had van de verlokkingen van de eeuwige sjikse die steevast vat kregen op mannen van Berends stam.
Maar dit meisje had rood haar, nota bene!
Tijdens de sjabbatmaaltijd die avond knipte Berends vrouw met een grote kippenschaar de pootjes van de romp en gaf die aan de tweeling. De vleugeltjes gaf ze aan hun broer. Berend en zij deelden het borststuk. Het was wat droog, maar zijn vrouw hield daar juist van. Hoewel de kinderen er elke sjabbat weer om smeekten, werd Miesje nooit uitgenodigd.
'Waar komt die jaloezie toch vandaan, vrouw?'
'Ik kan er niets aan doen. Als ik haar zie, bekruipt me een gevoel van onheil. God geeft me een teken.'
'De dibboek geeft je een teken.'
Ze pakte een poot van een van de meisjes, welke van de twee het was, dat konden ze zelf niet eens zien zonder moedervlekken te bestuderen. Ze sloeg Berend ermee tegen zijn voorhoofd.
De dibboek is de ziel van een dode zondaar die uit de hel

ontsnapt, in iemands lichaam kruipt en daarin verder leeft om onafgemaakte zaken te voltooien.
'Mens, hou toch op. Je verstoort je eigen zielenrust.'
'Ik kan het niet helpen. Het is alsof ik al weet hoe het met ons af gaat lopen.'
'Het is hoogstens jouw jaloezie die ons de das om zal doen.'
De volgende dag zei ze tegen de zoon dat hij voortaan na schooltijd op zijn jongere zusjes moest letten.
Vier jaar later waren de meiden oud genoeg om op zichzelf te passen en hielp Berend junior af en toe in de slagerij. Een prachtig blond meisje met lange, dunne benen en borsten om over naar huis te schrijven kwam het winkeldeel binnen. Berend en Berend junior keken met open mond naar haar. Ze giechelde.
'Dag meneer Berend, hebt u nog zo'n lekkere worst voor me?'
'Miesje! Je bent helemaal veranderd!'
'Mijn haar is blond geworden. Alleen aan de binnenkant is het nog een beetje rossig, maar dat zie je niet. Daarom had het zo'n rare kleur, zei de dokter. Het gebeurt nog vaker dan je denkt.'
En zo begon het. Elke woensdagavond dat Berend tegen zijn vrouw zei in de stad te gaan kaarten, reed hij stiekem met die blonde duivelin achter op de motor naar het bos, waar ze vuur maakten, samen zongen en zich overgaven aan hun lus... liefde.
Dat ging maanden goed, gek genoeg, want voor een jaloerse vrouw was Berends wiefke niet erg oplettend. Tot Berend een keer zijn hoed vergat. Hij kon zich niet zonder in de stad vertonen, vond ze. De Solex pakte ze om hem het hoofddeksel na te brengen. Maar dat kreeg ze op de

neus. Aan de rand van het dorp zag ze Miesje achterop stappen, en ze keerde om.
Berend had hier geen idee van, betoverd als hij was door het blonde haar en de rest. Bij hun terugkomst, uren later, terwijl Miesje nog geen twee stappen van hem vandaan had gezet, verraste de vrouw van Berend hem, bond hem vast en verwijderde vervolgens zijn scrotum met de kippenschaar, die daardoor niet meer koosjer was.
Miesje keek door het raam naar het tafereeltje. Hoewel ze het maar moeilijk kon zien, glimlachte ze.

De betovering door blonde vrouwen was een onverwachte ontdekking geweest. De mensen van het volk waarvan mijn ouders vonden dat we ertoe behoorden, hadden vaak donker haar met krullen. Zou mijn moeder echt in die mythe geloofd hebben? Dat je er echt niks tegen kon doen?

De verhuizing

Die ochtend in de schemerzone tussen slapen en waken had ik een beeld doorgekregen waarmee ik de mensen van het volk wilde helpen om vrede te vinden met de oorlog. Ik had geen tijd gehad er een tekening van te maken, maar ik wilde het hun wel laten zien. Mijn ouders hadden gezegd dat er in het nieuwe huis een feestje zou zijn voor alle vrienden. Dat zou een goed moment daarvoor zijn.

De balletdanstante bracht ons op de dag van de verhuizing in haar lelijke eend naar onze nieuwe school. Mijn ouders zouden vanuit Amsterdam met de verhuizers meerijden. Het was de eerste keer dat ik in mijn tantes auto zat. Mijn tekenboek lag op schoot voor als ik de kans kreeg een tekening te maken van dat beeld in mijn hoofd. Mijn broer zat bij haar op de voorbank. Op het moment dat we de straat uit reden, passeerden we de verhuiswagen.

'Zo, kinders, op naar de nieuwe school,' had ze gezegd. Tijdens het rijden stootte ik af en toe mijn hoofd tegen de deurstijl. De auto reed over lokale wegen. De snelweg, daar hield mijn tante niet van. Via het Westelijk Havengebied kwam ze bij het Noordzeekanaal uit.

'We gaan met het pontje. Hebben jullie dat weleens gedaan?'

Aan de overkant reed de eend schuddend van de pont af. We waren in Zaandam. De volgende dagen zou ik merken dat het verschil tussen de mensen aan beide kanten van het kanaal niet groter had kunnen zijn. Dat zo'n stukje water zoveel verschil maakte. Na een tijdje stopte mijn tante voor een houten gebouwtje. Ze deed het portier voor me open. Mijn broer bleef in de auto zitten. Mijn tekenboek hield ik in mijn hand, de potloden in mijn zak. Ik hoopte zo snel mogelijk die tekening te kunnen maken. Op de stoep voor de deur stond een vrouw in Zaanse klederdracht.

'Dag Naffie.' Ze aaide me over mijn bol. 'Ik ben je juf.'

Haar stem, haar stem, haar stem!

Haar blonde haar!

Haar blauwe ogen!

Haar stem!

Haar hand op mijn hoofd. Ik drukte mijn gezicht tegen haar buik op de plek waar het eigenlijk niet hoorde, alleen wist ik dat toen nog niet. Met haar linkerhand op mijn rug en de rechter- op mijn hoofd wilde ik zo blijven staan. Zij verroerde zich ook niet echt. Een hele tijd stonden we daar.

'Nou, ik ga maar eens...' zei mijn tante.

'Kom, Naffie,' zei de juf.

In de klas was het nogal kaal. Aan de muren hingen geen tekeningen.

'Zoek alvast een tafeltje uit,' zei ze tegen mij.

Ik koos een plek bij het raam. In het laatje deed ik mijn tekenschrift.

Els, over wie ik al eerder wat zei, die er net zo mooi uitzag als iedereen in Zaandam, maar dan nog mooier, en die op dezelfde zangerige manier praatte als de juf, kwam naast me staan.

'Mag ik op mijn plek zitten?' zei ze.

'Hebben we hier vaste tafeltjes?'

Een jongen die Maurice zou blijken te heten, stond bij de deur naar ons te kijken.

'Weet ik niet. Ik zit daar graag. Dat is het,' zei Els.

'Goed, dan.' Ik lachte naar haar. Mijn vader had gelijk gehad met zijn verhaal over de betovering, maar niet met dat je dat niet wilde. Of was dat juist wat betovering inhield?

Hoe dan ook. Ik probeerde aan een ander tafeltje te gaan zitten, naast Els, maar Maurice sprong voor me en ging snel op de stoel zitten.

'Mag ik zitten?' zei ik.

'Hebben we hier vaste tafeltjes?'

Wat een irritante kwibus was dat.

'Weet ik niet. Ik zit daar graag. Dat is het.'

Deze keer werkte het niet.

'Ik was hier eerst,' zei hij.

Wat kon ik doen? Ik ben aan een ander tafeltje gaan zitten, aan de andere kant van Els, die naar me glimlachte toen ze mijn tekenschrift uit haar laatje haalde en op mijn tafel legde.

Een ander meisje kwam naast me staan.

'Mag ik hier zitten?' zei ze.

'Hebben we vaste tafeltjes?' zei ik.

'Niet dan?'

'Ik was hier eerst.'

Dat was het. Ze ging twee tafeltjes verderop zitten en maakte geintjes met de jongen naast haar, die ik als Lange Hans zou leren kennen.

Zo ontdekte ik een belangrijke regel:

Ik was hier eerst telt en geeft niet eens heel veel problemen.

Aan de juf, die aan haar bureau zat, vroeg ik of 'ik was hier eerst' altijd geldig was. Ze zei dat het klopte, maar soms was iedereen ergens aan gewend en dan was het niet geldig. Dan had iedereen een vast tafeltje, zonder het af te spreken, uit gewoonte. Als je vanaf de eerste dag van school elke keer hetzelfde tafeltje koos, dan werd dat van jou, zonder dat het gezegd hoefde te worden. Gewoonterecht heette dat. Dan kon je iets meer aanspraak op die plek maken dan anderen.

Els gebaarde dat ik moest komen. Ze had haar benen op mijn stoel gelegd. Maurice zat met zijn rug naar haar gedraaid. Ik legde mijn tekenschrift op het tafeltje.

'Wat ga je tekenen?'

'Iets voor mijn familie en hun vrienden.'

De juf riep ons. De tekening moest nog even wachten. In de kring stelden we ons allemaal voor. Daarna was het kleine pauze op het plein. Iedereen speelde buiten. De 'Miesjes' hadden een lang springtouw waar ze samen mee sprongen. De jongens hadden een bal. Ik wachtte af bij de deur, maar ik werd nergens bij gevraagd. Na een tijdje ging ik naar binnen. Aan het tafeltje van Maurice wilde ik mijn tekening maken.

Ik geef toe dat het uit ontdekkingszucht was dat ik aan zijn tafeltje ging zitten. Dat woord kende ik van mijn oom, die het op mijn verjaardag had aangeprezen als iets wat goed was, in tegenstelling tot mijn vader, die zei dat je niet overal met je vingers in moest poeren. Waarop ik zei dat ik dat helemaal niet deed, waarop mijn vader zei: 'Ik bedoel figuurlijk.' Waarop ik 'O' zei en aan oom Sjalom vroeg wat dat betekende en of hij het voor me op wilde schrijven.

Al mijn klasgenoten kwamen alweer binnen voor ik wat had kunnen tekenen.

'Dat is mijn tafeltje, Naff,' zei Maurice.

Hij kende mijn naam.

'Ik zat hier eerder,' zei ik.

'Ga weg. Ik wil daar zitten.'

'Je stinkt,' zei ik.

Hij trok aan mijn arm. Met twee handen hield ik me aan het tafeltje vast.

'Laat los, gek. Ik zit hier.'

'Ik was hier eerst!'

'Dat maakt me niet uit. Ik zat hier al.'

Terwijl hij met zijn linkerhand bleef trekken, deed hij zijn rechterhand omhoog om me te slaan, waarop ik het tafeltje losliet om hem te ontwijken en op de grond viel, met stoel en al.

De regel werd daarna:

Ik was hier eerst telt, zolang de ander niet te sterk is.

En toen begreep ik meteen wat meer van die oorlog.

Later zat de juf aan haar bureau en deden wij iets voor onszelf. Naast haar stoel stond een krukje. Wie erop ging zitten, mocht wat vragen, had ze gezegd. Het krukje wankelde toen ik erop sprong. Het was hard aan mijn billen. Het rook naar hout.

'Juf. Wilt u een familieverhaal horen? Het heet "Miesje".'

Ik legde mijn tekenschrift open voor haar op tafel.

'Waar gaat het over?'

'Over u, denk ik.'

'Hoe kan dat? Je kent me net.'

Ik haalde mijn schouders op.

'Mag ik het lezen?'

'Van mij wel.'

Juf las het zichzelf zachtjes voor. Het Zaanse accent was heel anders dan hoe we in mijn familie spraken. Zangerig. Met de stem van de juf was Miesje echt Miesje geworden.

‘Wat leuk,’ zei ze toen ze klaar was met lezen. ‘Wat gaat er veel in je om, Naffie. Waar komt het allemaal vandaan?’

‘Het zijn familieverhalen.’

Het was tijd haar in te wijden.

‘Dit verhaal heeft mijn vader me gisteravond verteld, maar soms bedenk ik zelf een verhaal. Als je slaapt, maar nog niet helemaal, of als je net wakker bent, maar nog maar half, komen er dingen uit Het Grote Niets naar boven. Ik weet nog niet hoe dat soort dingen erin komen. Dat moet ik nog ontdekken.’

‘Gekke druif,’ zei ze.

‘U kijkt naar me als een moeder naar een pasgeboren baby.’

Ze lachte.

Na de lunch zei de juf: ‘Maak allemaal een tekening over wat je het liefst wilt worden.’

‘Mag ik vertellen wat ik op wil lossen als filosoof?’

‘Je bent een wijsneus, Naff, maar een lieve.’

Toen wist ik nog niet dat wijsneuzen en betweters over het algemeen niet erg geliefd waren.

Iedereen ging aan zijn tafeltje tekenen. Het was nog steeds niet de gelegenheid om de tekening te maken van het beeld dat die ochtend in me opgekomen was en waarvan ik overtuigd was geraakt dat het de mensen van het volk zou helpen.

Ik tekende braaf voor de opdracht die ik gekregen had de grotere zaken in de wereld die ik op wilde lossen.

In de kring kwam ik naast Martijn terecht. Els zat aan de andere kant naast me. Om beurten liet ieder kind zijn tekening zien. De juf zei: ‘Mooi. Vertel er eens wat over.’

Toen ik aan de beurt was, zei ze: ‘Naff, vertel eens welke wereldproblemen jij later op wilt lossen als filosoof.’

Niemand lachte vooralsnog. Ik wilde mezelf wel aan ze laten zien, wie ik was, dat was het niet, vooral aan Els, maar wat als ze me uit zouden lachen? Als ze me zielig vonden of stom.

'Toe dan, jochie. We zijn nieuwsgierig.'

'Nou, goed. Dit wil ik oplossen: landen die vechten met elkaar.' (Daar had ik een bokshandschoen voor getekend.)

'Mensen die geen geld hebben om zelfs maar eten te kopen.' (Lege ijskast.)

'Mensen die alleen aan zichzelf denken.' (Die vond ik moeilijk. Uiteindelijk tekende ik iemand die botste tegen een ander, maar daar was ik niet tevreden over.)

'Dik zijn.' (Die ging makkelijk.)

'Dat mijn ouders nog moeten bijkomen van die oorlog.' (Dat werd uiteindelijk een loeftmentsj in een kuil.)

'Mooi, Naff. Origineel,' zei de juf.

'Tijd om te spelen, kinderen,' zei de hulpjuf, die naar mij keek als iemand die niet veel ophad met betweters. Over haar had ik nog niets gezegd, en meer is er ook niet te zeggen.

Iedereen sprong op en ging naar buiten. Alleen Martijn bleef bij me zitten.

'Ga je dat allemaal doen?'

'Ik hoop het.'

'Kun je mijn moeder redden? Ze heeft een hoge bloeddruk.'

'Ik zal mijn best doen.'

'Jouw vader is toch dokter?'

'We zien wel, goed? Er staat meer op mijn lijst.'

'Je kunt beter met kleine dingen beginnen, doeg.'

In Zaandam zeiden ze 'doeg' als ze weggingen.

De eerste McDonald’s

De volgende kans die ik kreeg om de tekening af te maken, was in het restaurant waar we die avond naartoe gingen. Het was geen echt restaurant met obers en aangeklede tafels zoals die waar we in Parijs hadden gegeten. Het kwam uit Amerika. Die in Zaandam was acht jaar eerder geopend om te testen of de formule in ons land ook zou werken.

Het meisje dat achter de balie stond, lachte naar ons. Ze had hetzelfde blonde haar als Eva de stewardess, dezelfde blauwe ogen, dezelfde stewardessenmuts op en precies dezelfde vrolijke uitstraling.

Mij sprak ze het eerst aan. Mijn hoofd kwam boven de rand van de counter uit.

‘Wat wil je eten, jochie?’

Af en toe flikte ze met een hand de lange strokleurige kunstwerken over haar schouder en dan werd het moeilijk om na te denken. Het was duidelijk dat mijn vader niet zomaar wat had beweerd over eeuwige sjikses.

‘Je staart een beetje,’ zei het meisje. ‘Dat is niet erg, hoor. Het schiet alleen niet op.’

‘Zo’n restaurant heb ik nooit in Amsterdam gezien,’ zei ik vlug.

‘Dit was het eerste in Europa. Wat vind je ervan?’

‘Het is om over naar huis te schrijven.’

Even boog ze helemaal over de counter en aaide me over mijn bol. Ook al.

Aan de wand achter haar hingen foto's van eten. Erboven stond: DIT KUNT U BESTELLEN. Met een lange stok wees ze op de afgebeelde maaltijden.

'Wil je een menu voor kinderen, met friet, hamburger en milkshake?'

Op de foto's was alles geschreven: Franse frites, hamburger, milkshake. Mijn ouders kenden een advocate die Hamburger heette. Dat is een normale naam voor mensen van het volk.

'Wat is een milkshake?'

'Dun softijs in een mixer.'

Ze wees naar een apparaat.

'Doe dat menu maar.'

Mijn broer aankijkend, ze waren ongeveer van dezelfde leeftijd, zei ze: 'Op welke school zit je?'

'Zaanlands. We zijn vandaag hierheen verhuisd.'

'Kunnen we verder bestellen?' zei mijn moeder op dat kribbige toontje van haar.

'Zal ik je Zaandam laten zien?' Het meisje was onverstoord gebleven.

'Ik wil kip,' zei mijn moeder.

'Is de kippenschaar wel koosjer, mam?'

Mijn moeder en mijn broer moesten daarom lachen, maar het meisje vroeg: 'Wat is koosjer?'

Ze glimlachte naar me met een blik van iemand die wist dat zij hier hoorde en wij niet.

'Zo eten mensen van het volk waarvan mijn ouders vinden dat we ertoe behoren.'

'Joden,' zei mijn broer.

'Exotisch. Joden hadden we nog niet. Wel Turken en Marokkanen. Kom woensdag na school bij het fietsenhok. Halfvier ben ik uit.'

Mijn moeder kwam naar voren.

'Mogen we nou bestellen?'

'Jij bent voor mij exotisch,' zei mijn broer tegen het meisje.

'Wat betekent exotisch?' zei ik.

'Van een onbekend, ver land.'

'Hoe spel je dat?'

'Nu even niet.'

'Toe nou.'

'Ik ben Mies,' zei het meisje.

Mijn broer keek naar mij, op tijd om te voorkomen dat ik zei: ja, dat zie ik, maar hoe heet je?

'Ik heet Jajo,' zei mijn broer.

'Doe mij maar kip,' zei mijn moeder. 'Naff, zoek jij vast een plekje uit?'

Ik bleef staan wachten, een beetje twijfelend, het duurde even voor het tot mijn moeder doordrong wat ik wilde.

'E-x-o-t-i-s-c-h.'

'Dank je.'

De vloer was glad. Voor de ramen waren tafels geplaatst. Ik koos er een in de hoek met dubbel uitzicht. Aan de ene kant zagen we een drukke weg, aan de andere kant de zijkant van een flatgebouw. Mijn tekenschrift paste half naast het blad. Het gevoel die ochtend was zoals in Parijs geweest, maar minder sterk, ik had het tekenen die hele dag kunnen uitstellen, maar daar in het restaurant was de drang weer toegenomen. Op het papier verscheen Henoch dansend met Hém. Hand in hand. Erboven tekende ik sterretjes. Het was bijna klaar toen mijn moeder en mijn broer aan kwamen lopen. Allebei zetten ze een dienblad met eten op tafel. Het tekenschrift sloeg ik snel dicht. Die avond zou ik het in bed wel afmaken.

'Ies, ies,' zei mijn broer met een knipoog naar mij. Voor het eerst sinds hij gehoord had dat we naar Zaandam gingen verhuizen, was hij weer vrolijk.

'Er is geen mayonaise bij de friet. Alleen een sausje met stukjes erin,' zei ik.

'Dit restaurant is gedoemd te mislukken,' zei mijn moeder. 'Leer mij de Nederlanders kennen. Die willen mayonaise bij de friet.'

Soms herinnerden kleine dingen zoals dat me eraan dat ze niet in Nederland was geboren. Meestal vergat ik het, omdat ze niet op mensen uit Indonesië leek.

Tinkelbel

De volgende ochtend droeg mijn vader mijn tas op weg naar school. Het was voor het eerst dat ik op weg naar school naast mijn vader liep. In Amsterdam waren we altijd met de bus gegaan. Daar rook je autostank als je op straat liep, hier dreef een zweem zoete bloemennectar op de wind voorbij, of nee, omdat ik bewoog, leek die stil te hangen, of eigenlijk volgde die ons als sterrenstof van Tinkelbel. Twee dingen die even snel dezelfde kant op bewegen, lijken voor elkaar stil te hangen. In het boek van oom Sjalom had ik gelezen over Einsteins theorie. Die was ook van het volk waar mijn ouders van vonden dat we ertoe behoorden.

Die middag in het kantoortje van de directeur rook het anders, warm, naar sigarenrook. Hij hield de tekening die ik in de McDonald's had gemaakt tussen twee vingers.

'Wat is dit?'

De juf schudde niet-begrijpend haar hoofd. Zij had de tekening in mijn tekenschrift gevonden en me mee naar de directeur genomen. Dat had ik niet van haar verwacht. Ik dacht dat zij het wel zou begrijpen.

'Er moet een reden zijn. Zijn ouders zijn uit de oorlog teruggekomen. Misschien heeft het daar iets mee te maken.'

Tussen een wijsvinger en een duim van zijn andere hand

hield hij een sigarenbandje vast, zo voorzichtig als je een vlinder vasthoudt om die niet dood te drukken. Hij staarde er een tijdje naar, dan weer naar de tekening, legde die neer en zei toen: 'Blijf een paar dagen thuis om tot rust te komen, jongeman. Daarna zien we wel verder.'

Mijn moeder kwam het kantoor binnen. Ze hadden haar gebeld waar ik bij had gezeten.

In de auto naar huis zei ze voor een stoplicht: 'Ik weet niet zo goed wat ik hiermee moet.'

'Dat rijmt,' zei ik.

'Doe even normaal, Naff.' Ze keek even opzij. Wanneer ze zo kribbig was, wilde ik er niet bij zijn, alleen kon ik er in de auto niet aan ontsnappen. Met de hendel kreeg ik gemakkelijk het raampje open. Lucht stroomde in mijn gezicht. Ik hoopte iets op te vangen van de geur die ik die ochtend had geroken.

Jezus

Woensdag was de avond van de housewarmingparty. De donderdag erna was een vrije dag. Ik moest op mijn kamer blijven van mijn vader.

Na het ontbijt liep hij in de richting van de tochtdeur naar de hal.

Mijn broer riep vanuit de voorkamer: 'Komen de eeuwige sjikses uit het zusterhuis ook vanavond?'

Mijn vader draaide zich nog eenmaal om en zei: 'De humor. De leukheid.'

Daarna ging hij voort de gang in, de hal door, het huis uit.

Mijn broer ging niet veel later de voordeur uit. Mijn moeder begon de tafel af te ruimen.

'Naff, er komen drie mannen een geluidsinstallatie en een podium in de tuin opzetten. Als ze koffie willen, moet je de keukendeur naar de tuin voor ze opendoen.'

Nadat ze afgewassen had, ging ze met een vuilniszak de voordeur uit. Voor het eerst van mijn leven was ik helemaal alleen. Het was alsof ik in een wereld naast de echte leefde. Op de gang klonk alles holler. Mijn kamerdeur piepte veel luider dan anders. Ikzelf klonk anders. In de lege gang gilde ik willekeurige woorden, die naar me terugechoden via de kale muren als in een grot. Mijn tekenschrift pakte ik onder het matras vandaan. Rabbi Jacob keek naar me vanaf de poster.

In Amsterdam had in de hoek naast de balkondeuren een lage, houten tafel gestaan. Daar had ik altijd graag aan getekend. Die was zo laag dat je er met een stoel die voor kinderen van zes, zeven, acht jaar oud bedoeld was aan kon zitten. Mijn moeders vader had het tafeltje op de plantage gemaakt. Het was een van de weinige dingen die oma Boma op de boot mee had kunnen nemen. Het tafelblad was voorzien van een laag rubber. In Zaandam hadden de verhuizers het op een verhoging voor een raam neergezet. Ik paste staand precies tussen de verhoging en het plafond. De warmte van de zon die op het blad scheen, zorgde ervoor dat de geur van rubber nog sterker werd.

Ineens tekende de schaduw van een hoofd zich op het rubberen blad af. Een van de mannen die mijn moeder al aangekondigd had, drukte zijn gezicht tegen het glas en zwaaide naar me. Zijn mond bewoog. Ik kon niet horen wat hij zei door het glas tussen ons in. De broek van de man was donkerbeige-grijs, met aan de zijkant zakken en een riem waar gereedschap aan hing. Het was net het rokje van *Tarzan in de jungle*. De hamer stootte tegen zijn been toen hij naar een andere man liep, die droeg niet zo'n rokje. Een derde figuur kwam ook nog de tuin in en duwde een karretje dat eigenlijk niet op gras kon rijden. De eerste twee mannen droegen samen podiumdelen en begonnen in een hoek van de tuin het podium voor die avond op te bouwen. De derde man droeg een voor een de speakers naar ze toe en als laatste een versterker, die, zo zou ik die avond ontdekken, bedoeld was voor slechte toneelstukjes (van de anderen) en voor een grootse toespraak (van mij).

De bel ging! Net op dat moment.

In de tuin waren de mannen een afdakje boven het podium aan het bevestigen. Zij konden het niet zijn.

De bel ging weer!

Het was een andere bel dan we in ons echte huis in Amsterdam hadden. Hoewel deze ook luid was, was ze vriendelijk aan je oren, ding, dong. Niet hard en schel als die in Amsterdam.

Het glas in de voordeur was niet doorzichtig. Je zag wel iemand staan, maar je kon niemand meteen herkennen. Het silhouet was even groot als ik en had een blonde wolk rond haar hoofd. Ze stond op een bloempot naast de voordeur om bij de bel te kunnen.

Haar gezicht drukte ze tegen het glas.

Ze belde een, twee, drie, vier, vijf, zes, zeven keer.

'NAFF. DOE OPEN. IK ZIE JE TOCH.'

'HOE WEET JE WAAR IK WOON?'

'ALS JE OPENDOET, VERTEL IK JE ALLES.'

De deur had twee sloten. Het bovenste kon je vanbinnen opendraaien. Alleen zat het te hoog voor mij.

Ik riep 'LOOP OM HET HUIS HEEN NAAR DE ACHTERDEUR' en rende terug naar de keukendeur.

Die stond op een kier. Met mijn schouder duwde ik hem open. Het duurde een hele tijd. Er gebeurde niets. Toen ging de bel misschien wel duizend keer!

Ik liep bijna tegen de tochtdeur in de gang, zo hard rende ik terug.

'WAT IS ER?'

'WAT ZEI JE NET?'

'LOOP NAAR DE TUIN.'

'O!'

Op de terugweg ramde ik opnieuw bijna de tochtdeur. In de tuin hadden de mannen het afdakje omhoog gekregen.

Els stond onderaan bij het podium en keek naar ze.

'O, vandaar die opwinding,' zei de man met de draden tegen mij.

De anderen bleven met het dakje kloten. Ze hadden er stokken onder geplaatst en klommen buitenom langs het rek met een tang in de hand omhoog.

'Kimm,' zei ik.

'Wat is dat?'

'Kom.'

'Oké.'

In de keuken ging ze aan tafel zitten.

'Is dat Joods, om "Kimm" te zeggen?'

'Dat zegt mijn vader.'

'Mijn vader zegt dat we gereformeerd zijn en dat ik niet met een Jood mag trouwen, maar eieren eten kan geen kwaad, zei hij, en dat jullie in dat grote huis wonen omdat jullie veel geld hebben en dat alle Joden dat hebben. Toen zei mijn moeder "Waarom mag ze dan niet met hen trouwen?", waarop mijn vader zei: "Principes." Waarop mijn moeder zei "Welke?", waarop hij zei: "Wij moeten lijden voor de Here Jezus."'

'Wie is Jezus?'

'Hebben Joden geen Bijbel?'

'Nee, de Thora.'

Els liep naar de boekenkast en ging met een vinger langs de ruggen.

'Kun jij goed lezen, Els?'

'Een bijbel kan ik er zo uit pikken.'

Ze kwam met een boek terug.

'Jezus hangt in Brabant aan een paal langs de weg. Dat heb ik gezien. Kijk, zo.' Haar armen spreidde ze. Haar hoofd liet ze scheef naar voren en opzij hangen.

'Eigenaardig. Waarom houden mensen daarvan?'

Ze haalde haar schouders op.

De bijbel schoof ze naar me toe.

'Lees.'

'In den beginne', stond er in den beginne. Snel bladerde ik door. Nergens zag ik Jezus staan. Ik nam aan dat als hij erin voorkwam, het ergens in den beginne was geweest.

'Geen spoor van Jezus.'

Els schoof het boek naar zich toe, bladerde er ook doorheen – het ging bij haar trager dan bij mij – en ze zei: 'Nee. Niets.'

'Hoe spel je het? J-e-e-z-u-s of J-e-z-u-s? Of weer anders?'

'Met één e, niet met twee.'

Ik knikte.

'Kimm, Els.'

De verhoging waar het houten tafeltje op stond, was niet zo hoog, toch duwde ik tegen haar billen om haar erop te helpen. Ik vond het erg prettig en warm. Zij was nog meer van mij dan daarvoor.

'Hoe kom je eigenlijk aan die verhaaltjes, Naff?'

'Die bedenk ik. Of ik hoor ze van anderen.'

'Jaja,' zei ze.

Nadat ik op de stoel was gaan zitten, keek zij over mijn schouder naar hoe ik Jezus in mijn tekenschrift pende, direct onder het begin van mijn verhaal.

Ze wees met haar blonde vinger op de toespraak die ik voor die avond aan het schrijven was. Haar haar raakte af en toe mijn wang.

'Waar gaat dat over?'

'Het is het begin van mijn verhaal voor vanavond, alleen wil mijn moeder liever niet hebben dat ik iets voorlees. Mijn vader vindt het juist komisch om te zien hoe mensen erop reageren.'

'Heb je Jezus onder het verhaal geschreven?'

'Ja, kijk maar. Het staat eronder.'

'Ga je het afmaken voor het feest begint?'

'Ja.'

'Nu?'

'Nu ben jij er.'

'Het volgende woord in de toespraak is nu "Jezus".' Ze lachte.

'Wat heb jij mooi haar.'

'Vind je?'

'Zacht ook.'

Ze schudde het in mijn gezicht. Het rook lekker.

'Eieren!' zei ik. Soms was ik wat van de hak op de takkerig op die leeftijd. Dat heb ik nog steeds, maar alleen heel af en toe. Tegenwoordig kan ik me juist vaak heel goed op één ding richten, zoals op het schrijven van dit verhaal.

De stoel kantelde, de zwaartekracht was sterker dan ik. Gelukkig was de witte wol op de vloer zacht. Pluisjes plakten aan mijn kleren.

'Kimm, Naff. Eerst verder met Jezus.' Ze ging op het houten tafeltje zitten.

'Als jij het wilt, kan ik niet weigeren.'

Els wees met haar vinger op de plek in het tekenschrift. Ik schreef:

Maar, jezus mensen, er is hoop.

Ze lachte.

'Slim, hoor.'

Toen ik mijn pen neerlegde, zei ze: ‘Lees je het voor?’

Terwijl ik dat deed, mompelde ze af en toe een woord mee.

‘Waar gaat dit over?’

‘Dat Ding dat het volk van mijn ouders opslokte.’

‘Welk Ding?’

‘De oorlog. Ik heb er foto’s van gezien. Ze zijn er nog steeds niet van bijgekomen. Er wordt over niets anders gepraat in onze familie, ook al willen ze het eigenlijk niet.’

‘Mijn opa had honger tijdens die oorlog.’

‘Dat hadden ze ook in kampen, zei mevrouw Cohen op mijn verjaardag. Het was een malle tijd.’

‘Jij bent een rare.’

‘Vind je dat erg?’

‘Nee, leuk juist.’

Na een tijdje zei ze: ‘Ik ga even op de bank liggen.’

Toen het verhaal af was, wilde ik bij haar liggen. We pasten makkelijk samen op de bank, ik met mijn hoofd bij haar billen. Er hadden makkelijk vier mensen van onze lengte op gepast. Haar korte rokje was bloedrood met zwarte strepen. Het broekje was wit. Je kon het net zien zitten.

‘Wat doe je daar met je hand?’ zei mijn moeder, die ineens vlak bij de bank stond.

Ik hield mijn ogen dicht. Dan was ze er niet. Het leek te werken.

‘Wat is dit?’

Dat was het nadeel van mijn ogen dicht hebben. Ineens stond ze bij het houten tafeltje.

De bank maakte het specifieke geluid dat een leren bank maakte als je ervan afsprong, het witte wollen tapijt maakte het zoevende geluid van iemand die gehaast naar zijn houten tafeltje snelde, het tafeltje knarste van de dreun van iemand die erop sprong, het tekenschrift gaf de klap van een hand op tafel terwijl het dichtgeslagen werd.

‘Wil je dat voorlezen vanavond?’

‘Laat dat joch toch,’ zei oma Boma. Ze was vanaf de tochtdeur op weg naar de verhoging.

‘Leuk tafeltje,’ zei oma Boma.

‘Ik ben er blij mee,’ zei ik.

Els kwam rechtop zitten.

‘Ik moet maar eens gaan,’ zei ze, maar in plaats van de daad bij het woord te voegen bleef ze zitten.

Mijn ballettante en mijn andere tante, die na de verhuizing naar Zaandam met oma Boma in ons oude huis was gaan wonen, kwamen de kamer binnen. Ze keken allebei even onze kant op, zwaaiden en liepen toen door naar de keuken.

‘Wat hij schrijft, is vreemd,’ zei mijn moeder tegen oma Boma.

‘Ik wil alleen mensen helpen. Ook jou.’

Dat laatste fluisterde ik bijna.

‘Doe niet zo gek, Naff.’

‘Ga je hem vanavond met geweld van het podium trekken?’ zei oma Boma.

‘Geweld, geweld? Hij is zeven. Hij gaat het gewoon niet voorlezen als ik dat zeg.’

Els kwam van de bank.

‘Nu moet ik naar huis.’

Ik weet niet of ze vanwege het gesprek dat moment uitkoos om te vertrekken.

‘Blijf nog even.’

‘En mijn vader dan?’

‘Zoals ik het begrijp, ben je hier beter af.’

Oma Boma knipoogde naar mij.

'Wat een leuke meid, Naff.'

'Bel je naar huis dat je later komt?' zei mijn moeder tegen Els. Ze gaf oma Boma een arm en ze gingen net als de tantes naar de keuken. Ik hoorde ze op de achtergrond dingen voorbereiden.

Achter het raam begon de tuin zich te vullen met mensen. Iedereen liep om het huis heen. Mijn tantes en oma Boma zag ik achter het raam de tuin in komen met stapels borden. Mijn vader was bezig met een barbecue. Hij werd geholpen door twee mannen. Er kwamen ook zusters uit het zusterhuis de tuin in. Dat weet ik nu. Toen wist ik niet wie wie was van al die mensen.

Els kwam op de hoek van de tafel zitten. Haar haar waaierde over mijn gezicht. Ze streelde me over mijn haar. Ik had het mooi voor elkaar en ik vroeg me tegelijk af waar de kippenschaar was. Het leek me onwaarschijnlijk dat mijn vader gelijk had, maar je wist het maar nooit met dat soort dingen.

'Lees me iets voor, Naff.'

Ik koos uiteraard voor 'Miesje'. Dat verhaal vond ze raar en grappig tegelijk.

Mijn moeder kwam met twee lege borden uit de tuin via de keuken naar ons toe en ving het laatste stukje van het verhaal op.

'Waar haal je het toch allemaal vandaan?'

'Het komt vanzelf naar boven.'

Mijn moeder keek afwisselend van Els naar mij.

'Komen jullie zo wat eten van de barbecue?'

Els sprong van het tafeltje, pakte een bord en liep in de richting van de keuken.

'Maar je kent niemand in de tuin.'

Ze stopte en draaide zich naar me toe.

'Ik ben zo terug. Je doet een beetje raar.'

Raar leek mij niet per se een goede eigenschap, maar zij had het eerder juist wel iets goeds gevonden. Misschien was raar en raar ook niet altijd hetzelfde.

'Wat doe ik dan?'

'Wat doe je niet?' zei mijn moeder. 'Wil je eten of niet?'

'Ik ben zo terug. Geen zorgen.' Els draaide zich weer om en liep door.

'Naff, beloof je dat je niet gaat voorlezen?' zei mijn moeder terwijl Els door de keuken de tuin in liep.

'Goed dan...'

'Beloof je het echt?'

'Ik beloof het.'

Dat meende ik ook nog. Ik wilde echt dat ik niet wilde voorlezen.

'Eet wat.'

Honger had ik niet echt.

Ze liet mij verder aan mijn lot over, wat achteraf misschien niet zo verstandig was geweest.

Ineens kreeg ik een ingeving. Misschien was dat Jezus-gevoel, aangezien hij ook van het volk was, iets wat bij mensen van het volk hoorde, iets wat eens in de zoveel tijd bij een van ons opkwam, waarbij iemand van bovenaf een boodschap doorkreeg die hij moest verspreiden! Uit Het Grote Niets, natuurlijk!

Ik ging de keukendeur door naar buiten en bleef daar staan. In de tuin zat bijna iedereen op het gras. De wind was fris aan mijn gezicht. Een paar mensen zaten op de picknicktafel met hun bord in de hand. Oma Boma kwam naar me toe.

'Wat is er met jou?' zei ze. 'Het zweet staat op je voorhoofd.'

Boven me, op het podium, begon mijn broer een liedje te zingen voor mijn ouders, die voor het toneel stonden en omhoogkeken. Oma Boma depte mijn voorhoofd met een

zakdoekje, waarvan ze altijd een pakje bij zich had.
'Wat is er met jou?' zei Els nu ook. Ze was verscholen geweest achter iemand die op de picknicktafel zat.
'Ik moet mijn verhaal vertellen.'
Els gaf me een kusje op mijn rechterwang.
'Je bent een mafkees, maar een lieve. Ik moet gaan. Mijn vader komt me zo halen.'
'Weet je het zeker?'
Ze haalde haar schouders op.
'Wacht, ik ga mijn verhaal halen voor Jajo klaar is.'
Er was niemand binnen. Mijn schrift lag gelukkig nog op het houten tafeltje. Terug in de tuin kreeg Jajo applaus. De ladder aan de zijkant wankelde toen ik omhoogklom, maar viel niet om.
'Succes, Naffie,' zei Jajo.
De microfoon was te hoog.
'Wacht, ik haal hem van de standaard.'
Dat was een goed idee.
Het leek net of het publiek door een filter was geduwd. Er waren drie groepen: zusters, dokters en mensen uit Amsterdam. De zusters stonden achterin bij de salades die op een tafel stonden. De dokters stonden rond de barbecue. De Amsterdammers stonden voor het podium. Zij kenden mijn broer, in tegenstelling tot de dokters en zusters.
Vooraan naast oma Boma stond Els, die door het filter was geglipt. Ik zwaaide naar haar en begon luid te spreken, nog steeds bevangen door dat ik-ben-een-boodschapper-als-Jezus-gevoel.

Beste mensen van het volk waarvan mijn ouders vinden dat we ertoe behoren, ik weet dat het niet goed was wat hij gedaan heeft, dat mensen vrij willekeurig in ovens verdwenen...

Er klonk geroezemoes in het publiek.

... de man van tante Saar en hun huilende baby van zeven maanden, maar dan weer niet oma Boma's buurvrouw Stien van achtennegentig, die kwam volgens oma Boma na de oorlog vrolijk aanlopen...

Aan de zijkant kwam iemand de ladder op en pakte mijn voet nog voor ze boven was en trok me omlaag.

... in die bloemenjurk van haar, net als oma Boma zelf, overigens. Ik weet hoe het ging.

'Laat hem toch,' zei oma Boma. Ze pakte mijn moeder bij de arm. Die liet zich tot mijn verbazing meevoeren tot beneden voor het podium naast Els.

Het werd helemaal stil.

En ik weet hoe het ging. Dat ze met een groep nietsvermoedend zo'n kamer in gedreven werden en dat iedereen met de gesloten deur voor zijn leven vocht door op anderen te klimmen, voeten op hoofden, in de vergeefse hoop daarboven nog een zuchtje adem te vinden, en ik weet dat ze familie van me waren, en dat alles samen zorgt ervoor dat ik me schuldig voel als ik 's avonds voor het slapengaan onder de dekens mijn ogen sluit en het niet kan laten hem stiekem voor me te zien.

Er ontstond rumoer in het publiek. Een man verscheen naast Els. Dat was dus haar vader, nam ik aan. Hij bleef gelukkig staan luisteren, zodat zij ook kon blijven luisteren.

Sinds kort heb ik een grote voorliefde voor loeftmentsjen, aan wie hij zo'n hekel had. Het is vooral hun humor die ik waardeer.

'Waar heb je het over? Wat is een loeftmentsj?' riep meneer Cohen.

De overgave en slimheid waarmee ze plannetjes maken om rijk te worden met alleen maar praatjes waarvan je al bij voorbaat weet dat ze mislukken. Is het een soort betovering, net als de magische werking die eeuwige sjikses hebben?

'Sjikses ken ik wel,' riep oom Otto veelbetekenend. Hij stond erom bekend dat hij het goed deed bij de vrouwen. Waarschijnlijk lachten ze daarom allemaal om zijn opmerking. Ik negeerde het. Mijn boodschap ging voor alles.

Alleen gaat het vaak over dat Ding. Zou het mogelijk zijn dat jullie ooit stoppen te lijden onder wat er gebeurd is? Dat je er vrede mee krijgt. Dat je de ander die het heeft gedaan de hand schudt?

Het geroezemoes werd luider. Mensen begonnen dingen te roepen. 'Kom van dat dak af!' riep iemand. Een ander riep simpelweg: 'Schande!' Een derde bromde: 'Hij is zeven. Stel je niet aan.'

Men begon weg te lopen. Els werd meegenomen door die man, die inderdaad haar vader zou blijken te zijn. Mevrouw Cohen begon rondjes te lopen.

Tom Poes! Bedenk een list!

Gelukkig kwam Het Grote Niets me te hulp en liet me naar mijn hand kijken, waar die tekening in zat. Terwijl ik die omhooghield en heen en weer zwaaide voor de mensen, riep ik: ‘Kijk naar de tekening, kijk naar de tekening, kijk naar de tekening!’

Het rumoer werd oorverdovend. Mijn broer schermde me met zijn lichaam af van de anderen en bracht me naar mijn kamer. Voor ik in slaap viel, lag ik daar maar en staarde ik urenlang naar het plafond. Geleidelijk werd ik rustiger en rustiger, tot ik helemaal sereen was, tevreden, stil. Het Grote Niets was leeg.

Maar voor hoe lang?

Tedje

Die zondag na het feest ging ik op les in de synagoge om me voor te bereiden op mijn bar mitswe. Mijn vader bracht me. In de auto realiseerde ik me dat nu die avond niet helemaal het effect had gehad waar ik op gehoopt had, je kennelijk niet zomaar alles tegen mensen van het volk kon zeggen, dat sommige dingen gevoelig lagen en dat de kinderen mijn laatste hoop waren.

In het lokaal stonden dertien stoelen in een kring. De juf stond te kijken naar hoe we gingen zitten. In niets deed ze aan mijn juf in Zaandam denken: geen zangerigheid, geen blondheid, geen betovering. De enige reden dat ik niet meteen weer vertrok, was dat ik meer te weten wilde komen over het volk. En omdat ik naar die les móést van mijn ouders.

Niemand leek op de mensen bij wie ik in Parijs was geweest. Allemaal gingen ze modern gekleed. De keuze van mijn ouders voor deze liberale synagoge was een logische geweest. Mijn moeders voorouders waren chassidiem. Oma Boma was niet belijdend geweest en had niets van Joodse riten en gebruiken geweten tot op de boot vanuit (toen nog net) Nederlands-Indië naar Nederland een rabbijn aan boord op zoek was gegaan naar Joodse passagiers om gezamenlijk Pesach te vieren. Dat was de eerste keer voor oma Boma dat ze dat meemaakte en dat gold ook voor haar drie dochters. Na aankomst in Nederland was ze lid geworden van de Nederlandse-Israëlitische Hoofdsynagoge en had ze de kinderen naar een zionistisch-socialistische jeugdvereniging gestuurd. Daar werd je voorbereid om na je eindexamen te emigreren en in een kibboets te gaan wonen, toen nog de ruggengraat van de nieuwe staat. Zo is hun terugkeer naar het Jodendom een direct gevolg geweest van de Holocaust. Ik weet niet of je-weet-wel-wie dat nou voor ogen had gehad.

Hoe dan ook.

'Stel jezelf allemaal eens aan elkaar voor,' zei de juf.

Links van me zat Leon, rechts van me zat Iris. Verderop zaten Saar, Menno, Fien, Piep, Sjaak, Herman, Boaz, Moos en Betty.

De juf begon te vertellen. Maar er zat geen magie in. De klok die aan de muur hing had een secondewijzer. Man, man, man, wat ging die traag. Ik vroeg of ik even naar de wc mocht, ik was niet gegaan voor we uit Zaandam waren vertrokken en aangezien je dat niemand kunt weigeren, zei ze: 'Nu al?'

Ik bleef een hele tijd buiten, maar op een gegeven moment moest ik weer terug.

In mijn afwezigheid hadden ze allemaal een naambordje gemaakt en op hun borst geplakt.

Leon zat op mijn plek.

'Mag ik daar zitten?' zei ik.

'Opgestaan, plaats vergaan,' zei hij.

Wat kon ik doen? Ik kon maar één ding bedenken: op zijn schoot gaan zitten.

'Doe even normaal, gek,' brulde hij.

'Wat is er?' zei de juf.

'Leon wil graag mijn kussen zijn,' zei ik.

'Een van jullie tweeën moet de verstandigste zijn.'

Leon duwde me op het stoeltje waar hij had gezeten. Ik zat liever naast Iris, maar vooruit dan maar. De juf ging verder met haar verhaal. Ik oefende de namen die bij iedereen op het naambordje stonden: Menno, Fien, Piep, Sjaak, Herman, Boaz, Moos, Betty, Saar.

Ik moest aan mevrouw Cohen denken en zei: 'Saar Nebbisj-niet-teruggekomen.'

De juf onderbrak haar verhaal.

'Dat kun je niet zomaar zeggen,' zei ze. 'Je toont helemaal geen respect.'

Iedereen was stil en keek naar mij. En naar haar. En weer naar mij. Toen pakte ze mijn hand en trok me achter zich aan het lokaal uit.

'Je moet eens met iemand praten.'

We gingen een gang in en nog een en nog een bocht om. Ik was allang de weg kwijt. De juf trok me zo voort. Nadat we een gang een hele tijd gevolgd hadden, ik vermoed dat het langer leek dan het was, eindigden we voor een kantoortje met een glazen deur en glazen wanden.

En daar zat ze. Een vrouw. Achter een glazen wand deed ze iets met papieren.

Ze deed de glazen deur open met haar rechterhand.

'Hallo, Naff,' zei ze.

Ze wist wie ik was! Later begreep ik dat ze op de housewarming was geweest, maar ik had door mijn toespraak geen oog voor alle gasten gehad.

'Ik ben Tedje.' Op haar onderarm had ze zo'n getatoeëerd nummer. En wat nog gekker was, ze droeg witte stoffen handschoenen.

'Heb je iets verkeerds gezegd? Moet je met mij komen praten voor je weer in de les mag?'

Tedje keek naar de juf. Die zuchtte.

'Ik kom liever nebbisj-niet-terug in de klas,' zei ik.

Daar had ik meteen weer spijt van, vanwege dat nummer op haar arm.

'Een bijzondere jongen, zeggen ze over jou. Wist je dat?'

De juf maakte een snoevend geluid.

'Mensen van het volk zeggen nogal eens het tegenovergestelde van wat ze bedoelen,' zei ik.

'Dat is zeker waar. Maar in dit geval denk ik dat ze het menen.'

'Jullie redden het wel, zo te zien,' zei de juf. Daarop draaide ze zich om en liep weg. Wij bleven in de deuropening staan.

'Niet iedereen begreep me op het feest. Ze vonden me raar.'

'Ik hou het op bijzonder.'

'Ik begrijp mezelf ook niet altijd.'

Misschien kon ze me helpen. Alles wilde ik weten. Duizend vragen kwamen in me op. Die rust die ze uitstraalde, die je aan haar manier van doen aflas, verbaasde me. Ze was heel anders dan mevrouw Cohen.

Uiteindelijk zei ik: 'U hebt zo'n nummer.'

'Ja,' zei ze.

Dat was het.

Oké.

Kan.

Het werd dit: 'Anne Frank speelde in dezelfde speeltuin als ik.'

'Ik weet waar je woonde. Jouw ouders ken ik uit sjoel.'

'Aha,' zei ik, want dat verklaarde een hoop.

'Kom binnen. Ik wil je wat laten zien.'

Ze wees naar een krukje met wieltjes dat voor haar werktafel stond. Zelf ging ze op de kruk ernaast zitten.

De hoge werktafel lag vol met foto's en kaarten waar dingen op geschreven waren.

'Wat bent u aan het doen?'

'Het is een archief,' zei ze. Met de witte handschoentjes aan ordende ze de kaarten. En foto's. Ze had foto's die mijn nieuwsgierigheid nog meer aanwakkerden. Drie leken op de foto's uit dat boek. De rest waren gewone foto's van gezinnen of losse portretten.

Ineens liet ze me er eentje zien.

'Dat is het huis van de Franks tegenover het speeltuintje. Achter het raam zie je een silhouet. Misschien is dat Anne wel.'

Ik wilde de foto aanpakken, wat toch logisch was geweest. Ze trok hem weg, schreef iets op de achterkant en legde hem in een doosje.

'Het vet van je handen is slecht voor de foto's.'

Mijn nieuwsgierigheid brandde aan.

'Mag ik nog wat vragen?'

Ze zweeg weer een hele tijd.

'Wat mag iemand vragen en zeggen over die tijd? Ik krijg vaak op mijn kop.'

'Ik praat er liever niet over. Alleen als het niet anders kan, zoals nu met jou, als ik ingeschakeld wordt. Anderen houden er niet over op, zoals je vader.'

Terwijl ze verder rommelde met die kaarten, in elk geval leek het zo voor mij, zweeg ze nog een tijd, tot ze zei: 'Moet je niet al terug naar de les?'

'Ik wil nog zoveel weten,' zei ik.

'Waarover?'

'Dat Ding dat u bijna opslokte.'

'"Dat Ding"? Grappig. Ik zei toch dat je bijzonder bent. Ik zag je tekening tijdens de housewarming.'

'Vond u het erg?'

'Ik weet niet wat ik ervan vond. Je weet dat ik in Auschwitz heb gezeten. Dat beïnvloedt mijn oordeel.'

'Geldt dat niet voor iedereen hier?'

'Nee, gekkie. Bijna niemand. De meesten die terug zijn gekomen, waren ondergedoken.'

'Net als mijn vader.'

'Precies.'

Ze ging weer door een stapeltje foto's heen. Een voor een, van links naar rechts.

'Mag ik nog iets vragen?'

'Het houdt niet op.'

'Denkt u vaak aan Auschwitz terug?'

'Wat denk je zelf?'

'Het was een malle tijd,' zei ik.

Hoewel ze daar was geweest, moest ze lachen, heel hard, misschien te hard, een licht hysterische, bevrijdende lach. Ook bij haar kwamen tranen op de wangen.

'Maar om mijn vraag serieus te beantwoorden: u denkt niet graag aan dat kamp terug.'

'Ik zou niets liever willen dan er nooit meer aan denken.'

'Wat let u dan? Hoe komt het dat dat niet lukt?'

'Elke avond vlak voor ik in slaap val, ben ik weer terug, beleef ik het weer, voel ik het weer.'

Haar ogen had ze dichtgedaan.

'Ik wil u ervan afhelpen.'

In een snelle beweging deed ze haar ogen open en draaide haar gezicht naar me toe. Je kon zien dat ze heel oud was.

'Hoe kun jij me helpen?'

'Dat weet ik nu nog niet. Ik hoop het te ontdekken. Maar dan moet ik eerst van alles weten.'

‘Ik vertel er zelf niet over. Toen ze me vroegen of ik er op scholen over wilde praten, heb ik dat geweigerd. Wat ik wel doe, is scholieren leren om werkstukken te maken over die tijd, bronnenonderzoek te doen, archieven te benaderen. Niets is zo goed als dingen zelf ontdekken.’

‘U bent míjn bron.’

Daar moest ze om lachen.

‘Je hebt gelijk. Ik ben een museumstuk. Als ik in Westerbork kom voor een herdenking, zoekt de curator me altijd even op om bij te praten. Dat doet hij ook met je vader.’

‘Wat is een curator?’

‘Dat is iemand die de collectie van een museum verzorgt. Zoals ik zei, ik ben een museumstuk, Naffie. Ze hebben daar een mooi archief, trouwens. Ze hebben daar mooie stukken. Uniek materiaal. Een kaartenbak met alle onderduikers in West-Friesland, bijvoorbeeld. Daar zit de kaart van je grootouders ook bij.’

Tedje pakte een stapel kaarten die ik mocht doorkijken, zolang ik maar niet de volgorde veranderde. Maar eerst moest ik witte handschoentjes aan, die ze uit een la haalde.

‘Ik hou een archief bij van iedereen met wie ik in het kamp gezeten heb.’

Achter ons stond een stalen archiefkast van een type dat ze ook in het Holocaustarchief hebben. Ze trok een la open.

‘Op de kaarten hou ik bij wat ik te weten ben gekomen van de mensen op de foto’s. Die hebben ook weer allemaal hun eigen nummer. Het is toch de handigste methode met nummers. Als ze in het kamp hebben gezeten, gebruik ik hun kampnummer. Hun hele verhaal van voor, tijdens en na hou ik bij. Dat laatste natuurlijk alleen als ze er nog zijn. Maar dat zijn er niet veel, dus.’

In de gang stond een kast. Die was sinds de oorlog niet meer open geweest. Waar de sleutel zich bevond, was onbekend. Niemand wist wat erin zat. Misschien de botjes van de rabbijn die de synagoge had opgericht of haarlokken van batmitswemeisjes die tijdens een ritueel in de ochtend van hun verjaardag zijn afgeknipt. Waarom ze de kast niet gewoon openbraken met een koevoet was me niet duidelijk.

'Nee, nee, er zit niks in wat van belang is,' zei Tedje. 'Op zijn hoogst wat papier waar niemand op zit te wachten.'

'Mag ik hem niet openmaken?'

Daar ging ze niet eens op in.

'Wat wil jij, Naff?'

'Hoe bedoelt u?'

Ze had een kaart in haar hand, die ze streelde, wat ik toen nog niet gek had gevonden.

'Wil je iets van je familie weten?'

Tot ze dat zei, had ik niet geweten dat ik dat wilde.

'Kunt u me helpen uit te vinden hoe ik afstam van Henoch en Brucha, mijn voorouders uit Tjernivtsji die gezegende kippen verkochten? Henoch was daar opperrabbijn.'

'Gezegende kippen?'

'Ja. Kunt u me helpen?'

'Dat wordt niet makkelijk. In Oost-Europa is niet veel overgebleven.'

Dat ze bezig was het leven te verzamelen van iedereen met wie ze in het kamp had gezeten, was een onmogelijke klus waarvan ze vond dat ze die moest volbrengen. Mijn missie was ook niet makkelijk. Het was een ingewikkelde legpuzzel, die stamboom, maar ze zou me helpen. En mijn vader zou me thuis vast ook willen helpen.

'Waarom wil je helemaal terug naar de tijd dat je twee voorouders verkopers van gezegende kippen waren?'

'Kweenie. Ik wil weten wat er voor dat Ding was.'

Ze glimlachte weer even. Met haar duim streelde ze een kaart. Toen gaf ze me een stapeltje kaarten, duplicaten uit Westerbork.

'Kijk,' zei ze.

De lesjuf stond ineens achter me.

'Naff! Wat doe je daar nog steeds?'

'Hij helpt me,' zei Tedje. 'Dan hoef ik niet alles alleen te doen. Ik ben al alleen teruggekomen. Er was niemand meer over. Alleen ik.'

Dat ze met opzet zielig deed, dat had ik ook nog wel door, ondanks mijn leeftijd.

'Nebbisj-wel-teruggekomen,' zei ik.

Daar moest Tedje hard om lachen, de ogen van de lesjuf vielen zowat uit haar oogkassen.

'Ik had gehoopt dat hij dat soort dingen niet meer ging zeggen als hij bij jou was geweest. Hij is niet veel opgeschoten, hoor ik al.'

De keer erna dat ik aan het begin van de les vroeg of ik naar de wc mocht, zei ze: 'Hou het maar op tot de pauze.'

Tijdens de les lette ik niet op. Als ze me wat vroeg, gaf ik geen antwoord. Je kunt iemand niet dwingen iets te zeggen. Wat ga je doen? Zijn kaken op en neer bewegen? In de pauze liep ze mee naar de wc en zorgde ervoor dat ik weer mee terugkwam. Pas na de les kon ik naar Tedje, die net als de eerdere keren achter de glazen deur met een kaart in haar hand zat.

Ze nam me mee naar achteren, opende nog een deur, die naar een andere gang leidde, een kale, waar langs één kant nog meer lage archiefkasten stonden, zo ver het oog kon zien. Ze trok een la van een van die kasten voor me open.

'Hier woont de rest,' zei ze. 'Kijk. Voor iedereen op de deportatielijsten die ze in Westerbork bijhielden, heb ik een kaart gemaakt.'

Ze hield een kaart voor me. Toen ik hem aan wilde pakken, trok ze hem net buiten mijn bereik.

'Eerst je handschoenen aan,' zei ze. Op een drafje ging ik heen en weer naar de la waar ze in lagen.

'Op de kaart staat de deportatiedatum uit Westerbork en de overlijdensdatum op hun bestemming. Meestal zaten er maar een paar dagen tussen.'

'Hoe wisten ze dat allemaal?'

'Het werd allemaal nauwkeurig bijgehouden. Zo waren die nazi's.'

Ze streek met haar hand over het papier. De hand was vaal en bleek en de huid was dun, bijna perkament, met blauwe kronkellijntjes erdoorheen getrokken. Het was altijd dezelfde kaart, merkte ik later. Het was de enige die ze zonder handschoenen aanraakte.

'Welke is uw eigen kaart?'

'Zeg maar "je", anders voel ik me zo oud.'

'Is daar iets mis mee? Wilde u niet oud worden toen u in het kamp zat?'

'Dat is ook weer zo.'

Ze trok een lade van een andere kast open. Deze zat vol enveloppen. Ik pakte een enveloppe uit de lade.

'De hele wereld stuur ik brieven met verzoeken om informatie over het lot van iedereen.'

Wat er in de brief geschreven stond die ik uit de enveloppe haalde, wist ik niet. Het was geen Nederlands.

‘Dat is Pools. In het kamp heb ik het al enigszins geleerd. Toen ik eenmaal thuis was, heb ik het steeds beter geleerd door mijn correspondentie. Ik moest steeds meer talen leren, Russisch, Hebreeuws enzovoort, zeven talen in totaal uiteindelijk.’

‘Ik spreek alleen Nederlands,’ zei ik.

‘We schrijven samen brieven, Naff.’

‘Zolang wij leven, blijven zij leven,’ zei Tedje.

Dat hoorde ik later de rabbijn een keer zeggen, voorafgaand aan het herinneringsgebed voor de doden.

Oma Boma en oma en opa Bussum

Toen we nog in Amsterdam woonden, kon mijn moeder op vrijdagavond gewoon naar de synagoge lopen als ze dat wilde. Na de verhuizing was dat anders. Misschien gingen we daarom op vrijdagavond vaak naar oma Boma in ons oude huis in Amsterdam. Als gezegd, zij was daar ingetrokken samen met mijn andere tante, haar man, mijn neef en mijn nicht. Na de sjabbatmaaltijd ging mijn moeder naar de synagoge. Wij bleven bij oma Boma, die aan tafel zat te roken. Oom Otto zei een keer dat ze het wereldrecord Caballero zonder filter roken had. Wie het vóór haar had gehad, wilde hij pas na veel aandringen zeggen: een mannetje aan de Spaanse kust dat in een toeristenwijk in een garage woonde. Hij had niet meer dan een matras dat op kratten lag.

Oma Bussum kwam nooit op dat soort avonden naar oma Boma. Toen ik vijf was, heb ik wel een keer een week bij mijn opa en oma in Bussum gelogeerd. Toen wist ik niet dat ze in de oorlog ook in dat huis hadden gewoond en dat mijn vader, toen hij vijf was, daar ternauwernood ontkomen was tijdens een razzia in de buurt. Het hele gezin was door de achterdeur naar de buren gevlucht, die daar niet heel blij mee waren, uiteraard. Ineens had oma Bussum gezegd: 'Ik heb het gas niet uitgedaan!'

Terugkijkend was het een wonderlijk toeval, dat ze dat riep.

Hoe dan ook. Mijn vijfjarige vader liep de tuin van de buren in om het te controleren. Aan het einde van het pad stond een marechaussee. Dus niet een Duitse soldaat of een ss'er. Nee, een Nederlandse marechaussee. Dat benadrukte mijn vader meer dan eens. Die maakte hem met een handgebaar duidelijk dat hij direct terug het huis van de buren in moest gaan. Dat deed hij en daar hielden ze zich tot de avond verstopt. Mijn vader begreep dat het een ernstige situatie was en dat het niet zo was dat opeens iedereen op hetzelfde moment bedacht had dat ze zin hadden gekregen om verstoppertje met hem te spelen. Ik heb eigenlijk nooit gevraagd of de buren ook kinderen hadden. Ze zijn in elk geval niet ter sprake gekomen. Boven hebben ze gewacht tot het buiten donker was geworden. Toen de kust weer veilig was, zijn ze naar een villa gegaan, die ze twee weken later met valse persoonsbewijzen verlieten om in Friesland het vakantiehuis van een barones te betrekken die het uit het niets beschikbaar had gesteld. Op een dag was haar chauffeur verschenen met een briefje waar een adres op stond. Voor als ze ooit weg moesten. Dat bleek in Friesland haar vakantiehuis te zijn. Mijn vader wist niet hoe de dame ertoe gekomen was haar chauffeur juist bij mijn opa langs te sturen met dat briefje. Mijn opa kende haar niet, voor zover bekend.

Die week in Bussum reed ik met een Citroën SM van Dinky Toys over het Perzische tapijt in de voorkamer. Het motief deed me denken aan een wegenstelsel. Dat tapijt ligt nu in onze bungalow in Zaandam. 's Avonds las opa me voor en rookte een pijp, die hij tussen zijn tanden klemde voor hij een bladzijde omsloeg. Hij liet mij ook af en toe stukjes voorlezen. Na precies een halfuur bracht hij me naar de logeerkamer boven en ging hij naar zijn studeerkamer ernaast om te schrijven, maar er is nooit meer zo'n bestseller uitgekomen als *Mieke lacht*. Ironisch genoeg kwam dat boek in 1941 uit met goedkeuring van de Duitse censor, die volgens mijn vader toestemming had gegeven met de tekst: 'Eindelijk eens ruimte voor een ware arische schrijver.'

Voor mijn moeder was het anders geweest. Zij stond onder aan de ladder van de hiërarchie van het leed. Er was in Indonesië geen Holocaust geweest, zoals in Europa. Wel had ze als kind in een jappenkamp gezeten. De planterskostschool waar de drie zussen op zaten, was door de Japanse bezetter omgebouwd tot kamp. Mijn lievelingstante vertelde daarover dat het voor haar gek genoeg als een bevrijding voelde. Toen het nog de kostschool was, heersten de nonnen. Toen het een kamp werd, werd er niet meer op de kinderen gelet. Dat mijn moeder haar vader had verloren, was natuurlijk wel dramatisch voor haar persoonlijk, maar ook min of meer toeval. Een ongelukkige samenloop van omstandigheden, niet een systematische poging tot uitroeiing, zoals bij de anderen die na de oorlog terugkeerden in een groot niets waar bijna niemand meer was.

Oma Bussum had het niet zo op mijn moeder. Ik weet niet of dat ook meespeelde. Dat ze haar maar makkelijk ermee weggekomen vond of zo.

Aanraken

In de drie jaar dat ik af en toe na de les naar Tedje ging, heeft ze me niet één keer aangeraakt. Hoewel ze er niet te veel over wilde praten, over die tijd, bedoel ik, begon ze steeds meer dingen los te laten, alsof ze het niet kon helpen.

Misschien had ze het aan voelen komen.

Op de zondag vlak voor mijn tiende verjaardag was ze er niet.

'Waar is Tedje?' vroeg ik de lesjuf in het lokaal.

'Ze is ziek,' zei de juf. Ze keek niet meer naar me en begon aan de les.

'Wat heeft ze?'

De juf keek naar me.

'Hoe kan ik dat nou weten?'

Sinds die eerste les was het eigenlijk nooit meer goed gekomen tussen ons.

Mijn vader was laat. Voor het donkere hek van de synagoge draaide ik rondjes in afwachting van zijn komst. Eigenlijk mocht je daar niet staan. Vanwege de veiligheid moest je op de binnenplaats blijven en als je buiten de poort was, werd je geacht meteen te vertrekken om geen doelwit te zijn voor aanslagen. Als er een hoge feestdag was, was het altijd druk in de synagoge, dan was er extra beveiliging, die de mensen opjoeg en opdroeg bij de poort weg te gaan. Er kwam een man met een hondje voorbij. Toen bleef het heel lang stil. De volgende voorbijganger was mijn vader.

Naar haar huis in Buitenveldert rijden duurde tien minuten. Een ziekenhuisbed op wieltjes was in haar slaapkamer neergezet. Toen ik aankwam met mijn vader, bleef hij in de woonkamer wachten. De slaapkamervloer was glad. Ik deed alsof ik eroverheen schaatste. Tedje drukte op een knopje van de afstandsbediening met zo'n gekruld snoer en liet het hoofdeinde van het bed langzaam omhoogkomen tot ze min of meer rechtop zat.

'Naffie,' zei ze.

Ik had enorme behoefte haar te aaien. Toen ik mijn hand in de richting van haar genummerde arm bewoog, trok ze hem traag weg en deed hem onder de deken.

'Ik hou er niet van om aangeraakt te worden.'

'Komt dat door de oorlog?'

Het was voor het eerst dat ze afstandelijk was.

Een hele tijd bleef ze stil en lag daar met haar ogen dicht.

'Tedje,' fluisterde ik, ook om te ontdekken of ze sliep.

Niets.

Heel lang niets.

'Misschien kan ik je helpen eroverheen te komen.'

Nog even niets, maar toen kwam er beweging. Haar arm kwam uiterst traag onder de deken vandaan.

'Je mag het nummer aanraken,' zei ze. 'Maar ik ga verder niets uitleggen. Dat is te verdrietig. Voor mij, maar ook voor jou.'

Een hele tijd heb ik haar arm gestreeld, wat er misschien gek uit had gezien voor een buitenstaander. Voor ons was het logisch.

Zij had de hele tijd haar ogen dicht en glimlachte. Ineens gingen ze open.

‘Weet je wat ik het ergst vond, Naff? Dat we met zijn drieën in één bed sliepen. Ik lag in het midden van een bovenbed. De hele nacht voelde ik handen aan mijn lichaam, of voeten, kouwe voeten tegen mijn schenen. Daar moet ik aan denken als iemand me aanraakt. Maar bij jou heb ik dat niet.’

De volgende ochtend werden mijn ouders gebeld met de mededeling dat ze was overleden.

De rabbijn en de voorbereiding van de bar mitswe

Na het overlijden van Tedje, maar niet daardoor, begon ik in te zien dat ik misschien wat te jong was geweest om mensen van het volk te helpen en dat ik wellicht later, misschien na een studie van het een of ander, wat voor ze kon betekenen. Mijn jeugdige overmoedigheid nam geleidelijk af. Mijn belangstelling voor het volk bleef. Ik wilde er nog steeds bij horen, maar dat liep nog steeds niet soepel. Ik herkende ze, leek op ze, ik was ze. Het waren mijn ouders, het waren mijn tantes, mijn ooms, mijn neven en mijn nichten, oom Sjalom, mijn klasgenoten voor we naar Zaandam verhuisden, mijn voorouders, praktisch iedereen in mijn omgeving. Ik wilde weten wie ik te midden van hen was.

En toch wilde het niet erg boteren tussen ons. Ik leerde me meer in te houden. Misschien dat ik dan geaccepteerd zou worden. Ik maakte geen ongepaste opmerkingen meer. Ik vertelde geen ongevraagde verhalen. Ik stelde geen impertinente vragen. Zo nam de wrijving met mijn omgeving af, maar groeide de afkeer van mezelf, van hoe ik me gedroeg. In het begin merkte ik het niet eens. Pas een paar weken geleden, op mijn zeventiende, gebeurde er iets wat daar verandering in zou brengen. Het was het punt dat mijn moeder had bepaald met: 'Je maakt eerst je school af.' Maar dat komt nog.

Tedjes dood haalde de vaart uit mijn stamboomonderzoek en zonder haar was het ook veel minder leuk. Ik miste haar en merkte dat ik nu eigenlijk best vaak eenzaam was. De voortgang nam ook af naarmate er meer van de hokjes met namen ingevuld waren. Hoe verder ik terug in de tijd kwam, hoe moeilijker het werd informatie te krijgen. Het schrijven van brieven nam af. De response nam af. Van de nieuwe administratrice mocht ik het archief blijven bezoeken, dat was het probleem niet. Ze was niet zo onwelwillend als de juf. Als er antwoord op een brief was gekomen, bracht ze dat naar me toe in de les. Toen ik na mijn bar mitswe geen les meer had, gaf ze het aan een van mijn ouders mee als die in de synagoge waren.

Ik ontdekte wel interessante dingen. De stamboom ging terug tot ongeveer 1800. In 1811 werd de overheid verplicht om een burgerlijke stand bij te houden in Nederland. Mensen hadden vaak geen achternaam. Die moesten ze toen kiezen. Om niet op te vallen was het voor Joden gebruikelijk een Nederlandse naam aan te nemen. Dat gold ook voor de voornamen. Zo is Nathan niet mijn vaders officiële voornaam. Dat is Nico. In de synagoge heette hij Nathan Ben Isaak HaCohen. Nathan, zoon van Isaak, van de priesterstam Cohen. Heel vroeger leidden zij de erediensten in de tempel van Jeruzalem, inclusief dierenoffers.

'Hoe moet het nou met je bar mitswe?' vroeg de juf als ik weer niet zat op te letten in de les.

Het archief lag maar te verstoffen. Toen begon ik het na de les schoon te maken. De nieuwe administratrice gaf me de schoonmaakspullen. De kaartenkasten plakte ik af met plakband, zodat er geen stof bij kon. De buitenkant maakte ik schoon met een vochtige doek. Elke zondag na de les ging ik er langs en poetste.

'Hoe moet het nou met je bar mitswe?' vroeg de juf weer.

Af en toe stuurde ik opnieuw een brief naar Tjernivtsji met mijn verzoek om informatie. Dat was het enige wat ik zelf kon. Ik kreeg de postzegels van de administratrice.

Naarmate de tijd verstreek, ging ik minder vaak naar de kasten. Tot ze een halfjaar voor mijn bar mitswe ineens verdwenen waren. Ook de kast die niemand ooit had opengemaakt.

'Naar een archief in Jeruzalem gebracht,' zei de nieuwe administratrice.

'Wat voor archief?'

'Het archief van Yad Vashem, het Holocaustmuseum in Jeruzalem.'

In de les verscheen een man die me meer aan Henoch deed denken, of aan de rabbijn in Parijs, dan enig andere die ik ooit in de liberale synagoge had gezien. Hij was een van de rabbijnen.

'Naff. Ga je even mee?'

Hij was de enige persoon in de synagoge voor wie ik respect had. Die keren dat ik zijn preek had bijgewoond, voelde het alsof hij een universele waarheid kende.

We liepen de gebedsruimte door naar een deurtje in de hoek. Daarachter was een trap. Uiteindelijk kwamen we boven bij zijn kantoor. Hij wees naar een stoel voor zijn bureau. 'We moeten even over je bar mitswe praten. Vind je dat goed?'

Hij keek me aan en streek met zijn hand over zijn baard.

'Wat is er te zeggen?'

'Wat betekent het voor je om bar mitswe te doen?'

Hij streek nog een keer over zijn baard. Haartjes dreven door de lucht mijn kant uit. Onbewust streek ik over mijn eigen kin, alsof ik ook een baard had. Moest ik hem nou vertellen dat ik niets had opgestoken bij die les, dat ik alleen bezig was het verhaal van Henoch en Brucha te reconstrueren, dat ik vooral benieuwd was naar loeftmentsjen?

Hij verschoof op zijn bureau. Het bleef een tijdlang stil. Hij verplaatste zich naar zijn bureaustoel, die opvallend trendy was voor een rabbijn, en hij liet zich er traag in zakken. Het was zo'n designbureaustoel die je weleens ziet bij directeuren die willen laten zien dat ze geen standaardfiguren zijn.

Uit een lade haalde hij een cassettebandje, dat hield hij tussen duim en wijsvinger en liet het ronddraaien.

'Ik hou van verhalen vertellen,' zei ik ten slotte.

'Dat heb ik gehoord. Daar hou ik ook van. Het verhaal van ons volk.'

'Het verhaal van mijn familie, de achtergrond van wie we zijn, heeft mijn belangstelling, beginnend bij Henoch en Brucha, van wie we afstammen.'

'Henoch en Brucha?'

'Hij was opperrabbijn in Tjernivtsji, zij was verkoopster van door hem gezegende, koosjere kippen.'

'Aha,' zei de rabbijn. 'Mooi. En wat betekent de bar mitswe zelf voor je? De overgang. De volwassenwording.'

Ik had geen idee.

'Nou, dat,' zei ik toen maar. 'Volwassen worden.'

Hij streek weer met een vlakke hand over zijn baard.

'Ik kan nog niet echt hoogte van je krijgen.'

Het bleef een hele tijd stil.

'Ik hou van verhalen,' zei ik toen maar weer.

'Juist.'

Hij boog naar voren en gaf me het cassettebandje.

'Hier kun je het deel dat je uit de Thora moet *lajenen* mee oefenen. Gorin heeft het ingezongen.'

Gorin was de voorzanger.

'Dank u,' zei ik maar. Het bandje liet ik nadat ik het aangepakt had op dezelfde manier als hij had gedaan tussen mijn duim en wijsvinger rondjes draaien terwijl ik achteruit naar de deur liep alsof hij de paus was of zo.

Ik stelde me voor dat Henoch dat lajenen ook gedaan moest hebben in zijn synagoge, in elk geval toen het nog een kleine sjoel was voor het dorp, waar ze op zaterdagochtend voor de dienst de deuren langs moesten om ervoor te zorgen dat ze minimaal tien mannen hadden, het voorgeschreven minimumaantal om een dienst te mogen houden. Dat was voor hij naam had gemaakt in Tjernivtsji, voor alle loeftmentsjen in Oost-Europa van hem gehoord hadden. Pas in de grote stad hadden ze een voorzanger gehad. Ook die gaf kinderen les in het lajenen.

Ik voelde mijn darmen. Mijn enthousiasme kwam terug. Lajenen zoals mijn nicht had gedaan, dat wilde ik ook! Niet voor de gewone mensen die in de synagoge kwamen, maar voor mijn nicht en voor haar familie en voor degenen die van de loeftmentsjen afstamden, voor de chassidiem met hun mystiek. Ik wilde me voelen zoals mijn nicht zich in haar synagoge gevoeld had, tussen alle mensen van het volk, die haar accepteerden, ondanks het feit dat ze helemaal niet had mogen zingen tijdens haar bat mitswe, maar de rabbijn had er iets op gevonden, zodat ze erbij bleef horen, hoewel ze iets afwijkends deed.

De rabbijn met zijn baard zou me begrijpen. Hij stamde zelf, nam ik aan, van de chassidiem af. Hij moest mystiek begrijpen.

Gehaast liep ik naar hem terug.

'Ik weet nu waarom ik bar mitswe wil doen,' zei ik bijna hijgend, en ik kneep mijn billen bij elkaar.

'Vertel, jongeman.'

'U zult het begrijpen. U stamt net als ik van loeftmentsjen af, sorry, van de chassidiem. Voor hen wil ik het doen, voor mijn overoveroverovergrootvader de opperrabbijn van Tjernivtsji. Voor mijn nichtje uit Parijs dat als enige meisje openlijk gelaind heeft in de sjoel. Om te voelen dat ik bij hen hoor, dat ik ergens bij hoor.'

'Aha,' zei hij. 'Nou, dat is een heel mooie reden. Misschien kun je dat tijdens de speech die je zelf tijdens de dienst moet houden, toelichten. Bereid het voor.'

Mijn darmen werden steeds drukker, toch probeerde ik te glimlachen.

'Mijn verhalen vertellen alles.' Ik ging weer achteruitlopend en onbedoeld een beetje buigend de deur uit.

Mijn bar mitswe

Op de dag van de bar mitswe was ik in een bruinfluwelen jasje gekleed met een witte broek uit de Society Shop. Die zaterdag was een van de weinige keren dat ik in de synagoge kwam om de dienst bij te wonen. De week ervoor was ik naar die van Leon geweest. Hij zei gebeden op en hield een toespraak die iedereen had kunnen houden. De zegening van de rabbijn was even ongeïnspireerd. Hij hield een verhaal over hoe een jongen overging naar volwassenheid, hoe hij vanaf dat moment meetelde in de dienst en alles mocht doen. Het had over iedereen kunnen gaan.

Die dag van mijn bar mitswe kwam de familie uit Parijs voor het eerst van hun leven in een liberale synagoge. Eigenlijk mocht dat niet. In de ogen van de vromen waren de liberalen afvalligen. In hoeverre ze hen nog tot het volk rekenden, was maar de vraag. Voor de nazi's was die vraag met ja beantwoord.

In de synagoge in Parijs had de bieme meer in het midden tussen de mensen gestaan. De gebedsruimte in Amsterdam kende een toneelopstelling: een podium met rijen stoelen ervoor. De bieme stond op het podium.

Toen ik achter de bieme stond na een seintje te hebben gekregen van de rabbijn, keek mijn nicht me bemoedigend aan vanaf de eerste rij, waar ze naast mijn moeder en haar moeder zat. Ik wilde het goed doen voor haar. Wat er op het cassettebandje had gestaan, had ik uit mijn hoofd geleerd. Ik wist alleen niet wanneer ik moest beginnen.

'Toe maar, Naff,' zei de rabbijn. Ik bleef stil en keek naar mijn nicht. De rabbijn begon een beetje zenuwachtig te wiegen.

'Weet je de zegening nog?'

Dat had ik moeten leren tijdens de les op zondag, maar dan zat ik verhalen te bedenken. Je mocht niet zomaar wat gaan staan lajenen. Eerst moest er een zegening over de Thora gezegd worden. Er wordt wat afgezegend tijdens zo'n dienst.

Iemand kuchte. Het zat helemaal vol. Els was er met Martijn. Mijn ouders hadden mensen uitgenodigd. Els en Martijn waren de enigen van de lagere school die naar dezelfde middelbare school waren gegaan als ik. Ze zaten in een andere klas. Iris zat vier stoelen links van Els. De kinderen van de les hoefde je niet uit te nodigen, die kwamen vanzelf.

Het was doodstil.

'Toe dan,' zei de rabbijn. Mijn moeder keek me bemoedigend en tegelijk streng aan, alsof ze wilde zeggen: hier ben je nou voor op les geweest.

Ik haalde mijn schouders op. De rabbijn boog zich naar me toe en fluisterde de Hebreeuwse woorden die ik uit moest spreken.

'Baroech,' zei hij.

Mijn nicht knipoogde.

'Baroech,' riep ik veel te hard. Iedereen moest lachen.

'Ata.'

'Ata,' zei ik nog even hard. Ze lachten weer.

'Adonai.'

Dat betekende 'Onze Heer', dat wist ik.

'Adonai,' zei ik op normaal volume.

Zo struikelde ik de zegening door en toen kwam eindelijk mijn beurt om te lajenen. De rabbijn veranderde in Henoch! De synagoge, die groot was, werd klein en knus! Naast mijn nicht zat Brucha op de plek waar eerst mijn tante had gezeten. Net als mijn nicht ademde ik in. Het werd helemaal stil. Niemand ademde. Ik was het even kwijt. Dat moet Gorin gezien hebben, hij had natuurlijk alles al meegemaakt. Henoch knikte naar me. Gorin fluisterde de eerste zin. Het hielp. De woorden kwamen, zij het aarzelend na die eerdere fout met het gebed. Angst was af te lezen van de gezichten in de zaal, angst dat het weer mis zou gaan, angst dat ik het niet serieus had genomen, maar onterecht, langzaam kwam de eerste zin eruit, het bandje speelde zich af in mijn hoofd. Mijn ogen deed ik dicht en ik zong. Het was net zo mooi als mijn nicht het had gedaan. Dat was wat ze me achteraf vertelden. Misschien had de aanwezigheid van Henoch en Brucha me geholpen, misschien hadden ze gewild dat ik iets had om trots op te zijn.

De mensen riepen *'skaug'*, wat zoiets was als 'bravo'. Klappen was niet gebruikelijk in een synagoge. De rabbijn, die niet langer Henoch was, keek nu ook bewonderend. Hij knikte en begon weer woorden tegen me te fluisteren, de eindzegening, die ik luid en duidelijk maar niet te hard uitsprak.

De rabbijn zegende me, wat hij eigenlijk pas tegen het einde van de dienst hoorde te doen, maar hij voelde zich geïnspireerd, zei hij. Hij had een speech geschreven, die hij nu in de prullenbak gooide. Hij had een nieuwe zegening voor me, waarin hij vertelde over hoe hij tijdens ons voorgesprek, waarvan ik toen pas begreep dat dat een voorgesprek was geweest, geen hoogte van me had kunnen krijgen, ja, hij wist dat ik van verhalen hield, maar wat nou de bar mitswe worden voor me betekende, had hij niet geweten tot ik begon te lajenen, tot ik de eerste zin voorbij was, en hoe ik zo verbonden raakte met mijn voorouders, met Henoch en Brucha, en hoe ik als een engel had gezongen, en dat ik misschien een engel tussen de gewone zielen was.

Amen.

Na hem mocht ik mijn speech houden.

Op dat moment besloot ik, geïnspireerd door de zegening van de rabbijn, dat er misschien toch een rol voor me was weggelegd om mensen te helpen met mijn verhalen.

'Is het goed als ik een verhaal vertel over wat mij aanspreekt in het volk?'

Er kwam wat geroezemoes in de zaal toen ik in mijn geheugen begon te graven.

Ik droeg het loeftmentsjverhaal voor dat ik destijds in Parijs verzonnen had.

Toen het klaar was, bleef het publiek ijzig stil. Ik wachtte. Er gebeurde niets. Nadat ik toen maar van de bieme afdaalde, kwam mijn nicht op me af en omhelsde me. De rest van de dienst heb ik naast haar gezeten en niet om me heen gekeken. Tijdens de receptie die volgde, vormden de mensen een rij en werd ik beleefd maar niet erg hartelijk gefeliciteerd.

Een vrouw zei: 'Heb je soms een hekel aan Joden?'

Mijn moeder zei: 'Hij is zelf Joods!'

'Dat zegt niets,' zei een andere vrouw die naast haar in de rij stond.

Na de bar mitswe kwam ik haast niet meer in de synagoge. Die mensen wilden toch niet geholpen worden.

De gereformeerde middelbare school

Op de middelbare school ging het doorgaans niet over de oorlog. Ons gezin was het enige van het volk dat in Zaandam woonde, voor zover ik wist. In elk geval was ik de enige van het volk die op het gereformeerde college van Zaandam zat. Mijn vaders argument voor die schoolkeuze was dat een strengere school goed voor me was met mijn dromerigheid. Anders zou ik die school nooit afmaken, zei hij.

In het begin was ik veel op mezelf, las ik boeken. Ik mocht dan weliswaar niet meer schrijven, maar de liefde voor verhalen was ik nog niet kwijt. Naarmate ik ouder werd, las ik serieuzer werk. *Is dit een mens* van Primo Levi over zijn verblijf in Auschwitz. Het hielp me een beeld te vormen van wat Tedje had meegemaakt. Ik las *In Depot*, het dagboek dat de journalist Philip Mechanicus in Westerbork had bijgehouden. Het gaf hetzelfde gevoel als wanneer je *Kroniek van een aangekondigde dood* van Gabriel García Márquez las, waar de lezer de dood wel kreeg aangekondigd, maar de personages van niets wisten.

Ook las ik Jan Wolkers en wat Els de gereformeerde ellende van Maarten 't Hart noemde.

Op een stapel met die boeken na was er sinds mijn zevende niets meer veranderd aan mijn kamer. De poster van rabbi Jacob hangt er nog en De Denker staat op mijn bureau, met ernaast het doosje met het kippenbotje. Geen plaatjes van naakte blonde vrouwen.

Els wilde ik wel in mijn kamer hebben. Zij zat in een andere klas. We zagen elkaar in het voorbijgaan in de gang. Soms bleven we na school hangen om te praten. Zij begon merkkleding te dragen en ze hing in de pauzes op het schoolplein met meisjes die ze van het kerkkoor en uit haar buurt kende. Ik sloot me aan bij de rokers, een allegaartje aan alternatieve figuren die aan de rand van het schoolplein zaten op drie brede traptreden. Bij regen stikten we in de benauwde sluis met automatische deuren. Die was bedoeld om te voorkomen dat koude lucht de school in trok. Wij moesten zo stil mogelijk staan om te voorkomen dat die deuren steeds opengingen en de rook naar binnen trok.

Ik raakte steeds aangepaster, dat wil zeggen, aan de mensen op school, en dan vooral aan dit allegaartje. Al legde ik er zelf geen nadruk op, ik bleef toch altijd die Joodse jongen. Niet dat het erg was. Iedereen werd samengevat met één kenmerk.

Vrienden zou ik het groepje op school niet noemen. Ik besprak geen persoonlijke zaken. Niets wat me raakte. Ze lieten me erbij staan en ik maakte opmerkingen waar ze om moesten lachen. Ze waren bewijs naar anderen toe dat ik geen eenzame zonderling was. Dat was goed zo.

Het enige probleem met het onderdrukken van het schrijven was dat ik een steeds grotere hekel aan mezelf kreeg, maar je moet er toch iets voor overhebben om ergens bij te horen.

Ik miste mijn schrift. Het was de ochtend na de housewarming, jaren terug, verdwenen. Toen ik er binnen naar zocht, kwam Els via de tuin de keuken binnen, gevolgd door mijn moeder, die voetje voor voetje in de richting van het aanrecht was geschoven, alsof haar benen niet meer werkten.

Ik ging met Els achter haar staan.

'Mam, waar is mijn schrift?'

Aan een keukenkastje trok mijn moeder zich omhoog, dat wil zeggen, aan de hendels van de laden, tot ze tegen het aanrecht geleund stond, rechts van het gasfornuis, haar handen op het blad, haar benen wijd uitgespreid, als zo'n pasgeboren kalfje waarvan de achterpoten bijna in spagaat gaan.

'Misschien moet je niet dat soort verhalen vertellen, Naff.'

Het kwam er traag uit.

'Hoezo niet?'

'Je kunt niet zomaar alles doen waar je zin in hebt zonder rekening te houden met je omgeving.'

Elk woord werd er langzaam uitgeperst.

'Waarom kan ik niet doen waar ik zin in heb?'

'Dat is nu eenmaal zo.'

'Waarom dan?'

'Zo gaan de dingen.'

Haar rechterhand tilde ze op, van het aanrecht af, even wankelend, twee stappen naar rechts, de ijskastdeur kreeg ze open. Ze greep een pak melk en zette het naast het gasfornuis.

'Hoezo dan?'

'Zo zit het nu eenmaal in elkaar.'

'Maar waarom dan?'

'Het is de aard der dingen.'

'Wat voor aard?'

'Hoe de dingen zijn.'

'Hoe zijn de dingen dan?'

'Je moet rekening met elkaar houden als je wat doet.'

'Waarom dan?'

'Om het elkaar niet lastig te maken.'

'Jij maakt het mij lastig om verhalen te vertellen.'
'Onmogelijk zelfs.'
'Je moet toch rekening houden met mij. Ik ben jouw omgeving.'
Een hele tijd keek ze naar de grond.
'Doe nou maar wat ik zeg,' zei ze ten slotte. Ze zette de fluitketel op het gasfornuis en pakte het koffiepotje uit een bovenkastje. En dat was het einde van mijn geschreven en getekende verhalen.

Stekeltjes

Tijdens een van de pauzes op de middelbare school hadden twee mensen van het groepje mijn haar op mijn verzoek in stekeltjes geknipt. Het was ongelijk en zag er niet uit en toen ze het die avond zag, deed het mijn moeder denken aan het jappenkamp. Ze zei dat ik iets op mijn hoofd moest dragen. Ik had alleen een kibboetspetje dat ik tijdens mijn bar mitswe had gekregen, met vlaggen van Israël erop, een kameel en hartjes. Ik deed het op als ik thuis was en deed het af voor ik naar school ging.

In de derde besloot ik een actievere rol aan te nemen. Eric, Robbie en Karen zaten met twee anderen van buiten school in een bandje. Daarmee repeteerden ze in het jeugdhonk Het Drieluyck. Ik nodigde ze vrijdagmiddag uit om in de garage te jammen. Met het geld dat ik op mijn bar mitswe van al die mensen had gekregen, had ik bij Dirk Witte twee gitaarversterkers gekocht. Robbie speelde bas. Eric speelde gitaar. Ik drumde op het drumstel dat mijn broer had achtergelaten. Karen was zangeres. En hoewel haar vader liever niet had dat ze met ons omging, zong Els tweede stem, wat dankzij haar koorervaring erg goed ging.

Het werd een vast gegeven: elke vrijdagmiddag jammen. En het werd bekend op school. Het trok leerlingen, die kwamen luisteren en blowen. Jan Willem was een vaste toeschouwer.

Hij was één meter dertig alle kanten op, zei mijn vader een keer, wat best lullig en ook weer waar was. Hem noemden ze Bolle. Voor talen haalde hij negens en tienen, dat dan weer wel. En hij hield van ons repertoire: The Ex, Herman Brood, The Cure, Pink Floyd. Hij werd wat nog het dichtst in de buurt van een vriend kwam en bleef ook vaker op school op de traptreden hangen.

Als het warm weer was, stond de garagedeur open, wat nog meer publiek trok. Aan het bankstel dat er al gestaan had, voegden we meubels toe die we voor leeggehaalde bejaardenflatjes aan de overkant vonden.

Mijn moeder was op vrijdagmiddag al naar oma Boma in Amsterdam. Mijn vader wilde nog weleens vroeger dan andere dagen thuiskomen, maar dat was geen probleem en het was altijd na het jammen. Toen de garagedeur een keer openstond, kwam hij binnen en zei: 'Dag jongelui. Het is razziaweer vandaag.'

Iedereen lachte een beetje ongemakkelijk.

'Razzia's hielden ze alleen bij mooi weer,' zei ik. 'Vandaar.'

Eric nam dat zinnetje over. Het werd op een gegeven moment een running gag in de groep.

Een andere keer op vrijdag hadden we een opdracht voor geschiedenis gekregen. We moesten ervaringsdeskundigen interviewen over hoe het was om de oorlog mee te maken. Ik had voorgesteld om langs de ouden van dagen in de flatjes tegenover ons huis te gaan.

Toen mijn vader de garage binnenkwam, zei hij: '*Hurra, hurra, ich bin wieder da!*'

Ik wist dat dat op iemand sloeg die uit een kamp ontsnapt was en weer gevangengenomen was. Die hingen ze op met een bord met die tekst om zijn nek. Nogal luguber en cynisch.

Nadat hij doorgelopen was, zei Eric: 'Ik wil je vader interviewen. Vraag jij of het goed is?'

'Kunnen we niet langs de bejaardenflats? Daar wonen genoeg ervaringsdeskundigen met hopelijk een wat beter verhaal.'

Eric had daar geen zin in en Els ook niet.

'Je vader is hardcore, man.' Eric bleef zitten terwijl de meeste anderen de garage uit gingen om bij de bejaarden aan te bellen. Karen kwam snel weer terug met Jan Willem. In de hoop dat het voldoende zou zijn, liet ik Eric mijn vaders boekje over die tijd zien. Toen Eric erdoorheen bladerde, zei hij nog een keer: 'Dit is hardcore, man, wat hij heeft meegemaakt.'

'Kom op, zeg,' zei ik. 'Ze zijn alleen verhuisd. Dat zegt mijn vader altijd.'

Eric ging het huis in, gevolgd door ons. Mijn vader trof hij in de keuken.

'Mag ik u interviewen voor een opstel?'

'Wat een eer, jongeman.'

Eric wapperde met het boekje.

'We willen u hier graag wat vragen over stellen.'

Mijn vader ging meteen op zijn praatstoel zitten. Er kwamen nog wat mensen uit de garage naar de keuken. Dat vond hij wel mooi, zo'n publiek. Hij deed dan wel vaak cynisch over de oorlog, maar voor hem was het verhaal van zijn familie uiteindelijk toch een beetje een heldensaga. De houding van zijn familie tijdens de oorlog was er een van verzet geweest: we gaan niet mee, desnoods vechten we ons dood. Voor mijn opa thuis was gekomen en het hele gezin naar de buren vluchtte en later naar de villa en door naar Friesland, was hij opgepakt tijdens een razzia. Hij had zich als hoofd van de Joodse school los weten te praten om nog wat zaken '*ambtlich ab zu fertigen*'. Hij moest nog wat dingen afhandelen, daarna zou hij meegaan, althans dat zei hij tegen de Duitsers. Die belden met het gemeentehuis dat mijn opa's verhaal bevestigde. Toen lieten ze hem gaan om die school te sluiten. Dat heeft hij als gezegd niet gedaan.

Ze hebben trouwens maar twee weken in het vakantiehuis van de barones in dat gehucht in Friesland gewoond. Er woonde daar ook een beheerder en die rookte de sigaren van mijn opa. Dat vond hij maar niks. Verderop in hetzelfde plaatsje trof mijn opa een boerderij waarvan het woonhuis niet in gebruik was. De boer gebruikte alleen de schuur voor hooi en dieren. Dat huis hebben ze gehuurd en daar woonden ze, zoals mijn vader het altijd zegt, als vrije mensen, zonder ster, tot er in januari 1945 Duitse soldaten kwamen, die hen na een kort gevecht, waarbij mijn vader op het punt stond een landwacht met een bijltje te lijf te gaan, naar Westerbork brachten. Mijn oom niet, die zat verstopt, en oma Bussum niet, die gilde: 'Ik ga niet mee. Schiet me hier maar dood.' Ze zeiden dat ze later terug zouden komen, maar nadat ze vertrokken waren, heeft mijn oma dat toch maar niet afgewacht, ze heeft zich met mijn oom tot de bevrijding verstopt.

Toen hij uitverteld was, zei ik: 'Het was een malle tijd.'

Het had niet hetzelfde effect als op mijn zevende verjaardag. Niemand moest erom lachen. Mijn vader vertelde hun waar die opmerking vandaan kwam en over wat ik had gezegd over nebbisj-niet-teruggekomen, en toen moesten ze wel lachen.

Els zei: 'Aaaaah, wat lief.'

'Weten jullie trouwens dat wij zelf onderduikers hadden? De Joodse Ellie en de niet-Joodse Leen, die op de vlucht voor de *Arbeitseinsatz* bij ons was beland. Hij is later met een heel beroemde tv-persoonlijkheid getrouwd.'

Wie dat dan was, wilde hij niet zeggen, daar ging het hem niet om. Dat ze de boel omgedraaid hadden, daar ging het om. Dat zij onderduikers hadden in plaats van het te zijn, en zelfs een niet-Joodse onderduiker hadden als enige Joodse familie in Nederland.

Iedereen knikte en bedankte hem. Daarna druppelde het leeg.

De leraar vond dat de opstellen nogal op elkaar leken en toch allemaal verschillend uitgevoerd waren. Ik had de losse zinnetjes van mijn vader als uitgangspunt genomen en hoe dat mijn moeder tot razernij kon drijven. Waarom dat was, daar was ik nog niet achter. Ik had geopperd dat zij zich een buitenstaander voelde omdat ze die holocaust niet mee had gemaakt, ook al had zij natuurlijk zelf wel geleden met een vermoorde vader. Een keer gooide ze in haar woede over zo'n zinnetje van mijn vader een pakje boter door het keukenraam. Na zo'n uitbarsting hield hij zich een tijdje in, maar de volgende dag, soms een week later, bij uitzondering zoveel later dat we niet meer wisten wanneer de vorige keer was geweest, deed hij het weer.

De leraar gaf mij een negen voor het opstel. Eric kreeg een acht.

Betovering

In de garage had ik meer kans met Els te flirten dan op school, maar het had nog niet het gewenste effect gehad. Toen ik een keer mijn shirt verwisselde tijdens het drummen, zei ze dat ik een kippenborst had.

'Ik ben nog steeds betoverd door je,' zei ik.

Toen ze weg was, vroeg ik Karen wat zij ervan vond. Zij zei: 'Je hebt een te Joods uiterlijk voor een blond gereformeerd meisje om mee naar huis te nemen. Zelfs als het Els zelf niet uitmaakt, kan het niet. Te veel vooroordelen om te overwinnen.'

Toen ben ik in de garage met krachttraining begonnen. Mijn voeding paste ik aan. Ik at alleen vet dooraderd rundvlees. Het eiwit zorgde voor de spieropbouw, het vet voor brandstof. Suiker, pasta, brood en al dat soort dingen liet ik staan. Mensen denken dat je koolhydraten nodig hebt als energiebron, maar vet is daar veel geschikter voor. Het is er zelfs voor bedoeld. En je hebt er een bijna eindeloze voorraad van, tot verdriet van velen. Voor ze tussen de Eufraat en de Tigris met de landbouw begonnen, at niemand granen. In de Thora, het Oude Testament, gaat het steeds weer over graan. De zeven vette en de zeven magere jaren, waarin ze naar Egypte gingen om graan te halen. Het Pesachverhaal met die matses, de '*niet-gereschen brooden*', zoals in onze handleiding voor de Pesachavond staat. Op vrijdagavond, de sjabbatavond, worden we geacht gevlochten broden te eten. Mijn theorie, die ik nog moet bewijzen, is dat de vorming van het Joodse volk een marketingtruc is geweest van de Egyptenaren om het eten van graanproducten te promoten. Wat is er nou beter dan een religie te beginnen waarbij het eten van wat je wilt verkopen verplicht is? En het heeft ook nog gewerkt. De hele wereld eet die zooi. Maar ik niet meer. Ik ben ermee gekapt. Ik heb me eraan ontworsteld.

Alle krachtoefeningen deed ik zo traag mogelijk met maximale intensiteit tot spierfalen optrad. Zo noemen ze dat. Dan gaan je spieren groeien door de groeihormonen die erdoor vrijkomen. Hoe langer je je spieren gespannen houdt, hoe meer spiervezel uitgeput raakt, hoe harder je spieren aangroeien tijdens je slaap. Dat zei de bokstrainer van Martijn in elk geval tijdens een proefles.

In de kampen kregen die uitgemergelde slaven veel vlugger last van spierfalen dan ik. Dan sloeg een kapo ze net zo lang tot ze weer opstonden of tot ze dood bleven liggen. Dat stond in *Is dit een mens.*

Het had effect, de krachttraining. De roffel op mijn kamerdeur een paar maanden later was anders dan die van mijn moeder.

'Naff!'

Toen ik de sleutel omdraaide, ging het slot schurend open.

Els! In mijn kamer! Waar moest ze zitten? Het bed aanbieden vond ik wat overmoedig en voorbarig. Hoewel. Ze was gekomen. Dat betekende toch iets. Toen ik niets ondernam, koos ze ervoor op het bureaublad te gaan zitten, met haar rug tegen het raam en haar voeten op de zitting van de bureaustoel. Het stapeltje boeken dat op het bureau lag, schoof ze opzij. Ik ging op de bureaustoel zitten, met mijn rechterbeen half op haar voet. De paperback van Primo Levi nam ik in mijn hand. De geur en de zachte aanraking toen ik met mijn vingers over de zijkant streek, gaven me een soort rust dat niets anders me gaf. Ja, verhalen bedenken. Dat is als niets anders. Maar dat deed ik niet meer, als gezegd.

Terwijl ik met mijn duim de bladzijden van Primo streelde en de geur opsnoof, wist ik niet goed wat ik met mijn andere hand moest doen.

Els keek me afwachtend aan en toen ik niks deed, begon ze maar te praten over de tijd dat ik net in Zaandam was komen wonen. Samen zijn we een keer het zusterhuis in gelopen om te zien of daar 'misbaksels' rondliepen die op me leken. Dat was niet het geval geweest. Op straat was ik sindsdien wel alert op kinderen die op mij leken. Ik ben er niet één tegengekomen. Iedereen was blond.

Ik zei: 'Weet je nog, na dat feest? Dat mijn schrift verdwenen was?'

Els wist het nog.

'Bedenk je nog weleens een verhaal?'

'Nee. Niet meer. Ik ben normaler geworden.'

'Gaat dat zomaar?'

'Het kost me enige moeite, maar het is gelukt. Ik heb nu alleen een hekel aan mezelf.'

'Wie niet?'

Toen zei Els: 'Ik heb het warm', en ze deed haar trui uit. Eronder droeg ze een strak T-shirt. Ze keek even naar mij om te zien hoe ik erop reageerde.

'Mooi. Twee halve citroentjes,' zei ik.

Ze glimlachte.

'Vroeger had je een kippenborst, Naff,' zei ze met een gezicht waar heel even een zweem van leedvermaak overheen trok.

'Net als die loeftmentsjen van je.'

Daar knipoogde ze bij.

'Maar nu ben je een rambo geworden.'

Om een punt te maken rolde ik het kleed op, legde het op mijn rug en deed een paar squats.

'Indrukwekkend,' zei ze.

'Eigenlijk doe ik dit normaal gesproken in een boksbroekje.'

'Ik ga naar de wc. Doe jij dat broekje aan?'

Het tapijt liet ik van mijn rug glijden. Toen het op de vloer viel, verspreidde de geur van stof zich. In een baan zonlicht dwarrelde het omhoog. Snel deed ik de deur op slot zodat mijn moeder me niet kon storen, deed alles uit en het boksbroekje aan. Els klopte. Toen ik de deur opendeed, kwam ze tegen me aan staan en duwde me terug naar binnen met haar halve citroentjes tegen mijn naakte borst. Ze duwde me langzaam achteruit de kamer in. Ik gaf genoeg tegendruk om de aanraking niet kwijt te raken. Dit was een interessante ontwikkeling. Toen we ver genoeg binnen waren, trapte ze zonder te kijken achterwaarts met haar voet de deur dicht. Ik duwde haar terug terwijl ik achter haar rug naar het slot tastte. De schurende klik. Haar hand trok even aan het boksbroekje, streelde toen mijn naakte voormalige kippenborst.

'Je bent nog geen Schwarzenegger, maar het resultaat mag er wezen, Naff.'

Ze aaide me over mijn bol. Ze aaide over mijn *sjlongel*. Toen trok ze me mee terwijl ze zich achterover op het bed liet vallen.

Wat was dit ineens? Zou ze werkelijk alleen maar door mijn verbeterde uiterlijk van gedachten zijn veranderd? Zou ik alleen door haar haar betoverd zijn? Of waren we zielsverwanten in een verkeerd lichaam, behorend tot een verkeerd volk? Ik wilde meer dan alleen fysieke zaken, dat wist ik wel.

'Naff, waar denk je aan?'

'Aan jouw goddelijke lichaam. En je haar.'

Daar moest ze om lachen. Ze droeg een rokje met Schotse ruit en had blote benen.

'Ruik dan,' zei ze toen ze haar roodkanten broekje eronderuit probeerde te trekken om aan mij te geven, wat niet ging, ze bleef in een pijp steken en viel bijna op de grond. In een reflex trok ik haar aan haar strokleurige kunstwerken terug op bed.

'Lekker ruw doe je,' zei ze.

'Serieus?'

'Als je bij gereformeerden opgroeit, ben je wel wat gewend.'

'Wat bedoel je?'

Daar ging ze niet op in. Misschien was het een grap geweest. Het broekje duwde ze even onder mijn neus. Mijn linkerhand legde ze op haar schaamhaar. Het was blond.

'Els, waarom wil je nu wel?'

Met mijn wijsvinger wreef ze over haar plekje.

'Karen zei dat je niets wilde omdat je thuis niet met me aan kon komen,' zei ik. 'Schaam je je?'

'Concentreren, Naffie. Er is werk aan de winkel.'

'Heb je dit al eens eerder gedaan?'

'Niet met iemand anders. Daar heb ik jou voor uitverkoren.'

'Waarom dan?'

Ze hijgde al een beetje toen ze het zei, mijn vinger bewoog ze steeds ruwer en sneller heen en weer. Met haar andere hand duwde ze mijn gezicht tegen haar halve citroentjes.

Ineens werd er op de deur geklopt. Mijn moeder natuurlijk weer.

'Willen jullie thee?'

Het hijgen werd harder en harder. Ze had een besluit genomen. Niets kon haar meer stoppen.

Er werd weer geklopt.

'Ik heb koekjes.'

Els stopte niet, wat op zich geen probleem was, ik nam haar haar handelen niet kwalijk, dat zou niet bij een jongen passen.

'Naff!' zei mijn moeder.

Els was overgenomen door lust. Sneller en ruwer wreef ze.

Mijn moeder begon harder te kloppen.

'Naff!'

Els, steeds weer versnellend, tot het bijna hysterisch schurend werd, en toen een heel lang aangehouden: 'Naff!!!'

Het was gebeurd. Haar hoofd legde ze op mijn gespierde kippenborst. Haar adem werd trager en trager.

'Waar zat je met je hoofd?'

'Tussen je citroentjes, liefste.'

Daar moest ze om lachen.

'Bij mijn moeder, om eerlijk te zijn. Hoor je dat geklop niet?'

'Dat zit in je hoofd.'

Ze aaide over mijn sjlongel.

'Word je niet opgewonden van me? Heb je geklop van de loeftmentsjen in je hoofd?'

'Er zit van alles in mijn hoofd. Bijvoorbeeld de vraag waarom dit ineens, zonder dat we iets hebben.'

'Naff, ik wil nog een keer.'

Els duwde mijn achterhoofd in het kussen.

Er werd weer geklopt.

'Nahaff,' zei mijn moeder op zo'n zeurderig toontje. Ze rekte mijn naam te lang uit. Ik probeerde Els van me af te duwen.

‘Els, dat hoor je toch wel?’

Haar nectarbron, om het hoffelijk te houden, duwde ze op mijn gezicht.

‘Buurvrouw, wat doet u nu?’ probeerde ik te zeggen. Het kwam er onverstaanbaar uit, door haar zachte lippen op de mijne.

Ze begon wild heen en weer te bewegen.

‘Steek je tong uit, Naffie.’

Achteroverleunend, met haar linkerhand op mijn sjlongel en haar rechterhand in de lucht, bereed ze me als een cowboy, een mechanische stier. Een paar keer riep ze ‘Jieha!’ Mijn gezicht kwam helemaal onder het vocht.

‘Lekker. Goed zo,’ gilde ze.

Ik wist niet of ik me nou ongemakkelijk voelde of dat ik het spannend vond. Het geklop van mijn moeder werd harder. Els leek er eerder door aangespoord te worden dan erdoor afgeremd, hoewel ze beweerde dat ze het niet hoorde. Els ging steeds wilder en ruwer heen en weer. Mijn tong klapte dubbel. Ik trok hem terug in mijn mond, een veilige holte, niet die ontaarde van haar. Het deerde haar niet, ze reed harder en harder heen en weer, half op mijn neus, haar lippen drukte ze half op mijn lippen, haar plek die ertoe deed, duwde ze waar ze hem raken kon, net zo lang tot ze gilde, steeds harder, met ondertussen steeds harder gebonk op de deur en een dwingender ‘Naaaff!’ Toen het zover was, toen haar moment kwam, schokte haar lichaam.

Het gebonk op de deur stopte.

Het schokken ebde weg.

Deels voor de grap riep ze: ‘Jieha!’

Het geklop begon weer.

‘Nahaff! Wat doen jullie daar toch?’

Els giechelde. Ik veegde mijn gezicht schoon met mijn T-shirt en deed de deur van het slot. Mijn gezicht duwde ik in de kier die ontstond.

'We oefenen voor schooltoneel, mam. Oké?'

Els duwde achter me haar gezicht in het kussen om het lachen te smoren.

De deur liet ik langzaam weer dichtvallen. Het slot kraakte als altijd bij het dichtdoen.

Eindelijk gaf mijn moeder op en ging weg.

Na een tijdje fluisterde Els: 'Je was een goddelijke lover, beter dan Jezus. Volgende keer zorg ik voor jou.'

Wat moest ik er nou van denken? Hadden we nou iets? Wat ging ze mensen vertellen?

'Hebben we nou iets?' zei ik.

'We zien wel, Naff. Laten we het nog even voor onszelf houden.'

Ze schaamde zich voor mij.

'Schaam je je voor mij?'

Ze streelde mijn wang.

'Ik weet het niet zo goed. Ik vind je bijzonder, maar ik kan thuis niet met je aankomen. "Twee geloven op één kussen, daar slaapt de duivel tussen," zegt mijn vader.'

Toen ze wegging, ging het slot schurend open en weer schurend dicht.

Een uur later werd er geklopt.

'Naff! We moeten iets bespreken. Doe een shirt aan en kom eten.'

Het slot maakte het schurende geluid. De vloerbedekking op de gang was warm aan mijn voeten, de plavuizen in de keuken voelden als glad ijs. Er stond een schaal met draadjesvlees op de grote ronde eettafel. Mijn ouders hadden een leeg bord voor zich.

'Drollemans!' riep mijn vader.

Hij prikte een stuk vlees van de schaal en legde het op zijn bord.

Toen ik ging zitten, zei mijn moeder: 'We willen iets bespreken.'

Ik pakte mijn vork.

Ze schoof de schaal vlees buiten mijn bereik.

'Eerst praten. Wat is dat met Els?'

Ik haalde mijn schouders op.

'Ze is nu een jonge vrouw, Naff. Je moet oppassen met hoe je met haar omgaat.'

Dit gesprek ging een vreemde kant op. Wilde mijn moeder mijn liefdesleven voor me regelen?

'Wilde je het daarover hebben?'

Ik probeerde om haar heen bij de schaal te komen. Ze duwde me terug, wat ik toeliet, hoewel ik haar met mijn toegenomen kracht makkelijk opzij had kunnen duwen. Het is toch je moeder.

'Mevrouw Silverschmidt belde vanochtend. Of je in een film over Anne Frank wilt figureren.'

'Wie is dat? Hoe kent die mij?'

'Anne Frank? Die schreef ook verhalen.'

'Grappig, hoor.'

'Jij bent niet de enige.'

'Ik heb honger.'

'Je kent haar uit sjoel. Ze heeft een castingbureau, net als drie anderen uit sjoel, met wie ze werkt. Het is een groot project, zei ze. Gebaseerd op het boek van Miep Gies, de vrouw die de familie Frank in het achterhuis verborg.'

'Waarom vroeg ze mij?'

'Typecasting,' zei mijn vader.

'Het is goed voor je, Naff,' zei mijn moeder.

'En er komen ook allemaal leuke meisjes, zei mevrouw Silverschmidt.'

'Blond?'

'Allemaal zijn ze blond en staan ze op een rijtje te wachten tot je er een uitkiest, nou goed? Net als in het Poerimverhaal.'

'De humor, de leukheid,' zei ik op kribbige toon. Zeg nooit dat je kinderen niets van je leren.

'Nou, goed. Er komen meiden met wie je op les zat.'

Ze grijnsde, wat ik haar nog nooit had zien doen.

Soms begreep ik ouders niet helemaal.

'Goed dan. Ik ga figureren in die film van jullie.'

Mijn moeder schepte me vlees op.

Figureren in de Anne Frank-film

In Amsterdam was een strakblauwe hemel. Razziaweer. Vanaf het station liep ik richting het Anne Frank Huis. De vrouw uit de synagoge stond aan de kade ervoor naast een afgemeerde rondvaartboot. Destijds hadden ze die niet, dat riep tenminste geen associaties met de oorlog op. Even later kwam een oude Duitse legertruck langsrijden.

Figuranten daalden de trap van de boot af op aanwijzing van de vrouw uit de synagoge.

'Leuk dat je er bent,' zei ze steeds als iemand bij haar kwam. Ze meende het ook nog.

'Dag Naff,' zei ze tegen mij. 'Fijn dat je er bent. Jouw koppie kunnen we hier goed gebruiken. Binnen staat koffie en thee.'

Ze gaf me een bemoedigend duwtje de boot in. Het trapje was glad. Mijn billen schuurden over de treden toen ik uitgleed. Een oude man die net voor me naar binnen was gegaan, traag elke trede nemend, kreeg een zet en viel tegen een tafel.

'Wat een enthousiasme,' zei hij toen ik hem overeind hielp.

'Een heer valt niet met de deur in huis, jongeman,' zei oom Otto met een glimlach. Nooit kwam hij in de synagoge, maar Silverschmidt had hem gevonden. Op de bank tegenover hem was plek. Het luchtblauwe skai was koud en hard aan mijn billen. Een meisje op het bankje achter oom Otto had zwart haar als de veren van een raaf en indringende koffieboonkleurige ogen. Ze zat voor zich uit te staren. Na enige tijd boog ze voorover, schreef wat in een boekje dat voor haar op tafel lag, kwam weer omhoog en staarde weer voor zich uit. Het was Iris van de les op zondag. Ik had haar niet meer gezien sinds mijn bar mitswe. Haar schoonheid deed aan die van een duizend-en-een-nachtprinses denken. Ze kon niet over straat lopen zonder dat iedereen naar haar keek.

Naast oom Otto stak een man een heel verhaal af over hoe hij destijds als baby aan vreemden was meegegeven en dat hij zijn ouders nooit meer had teruggezien.

'Weet je?' Oom Otto legde een hand op de schouder van de man. 'Anne Frank is de onbeleefdste vrouw op aarde. Ze heeft altijd bezoek, maar is nooit thuis om het te ontvangen.'

Ik moest lachen. De man niet.

'Een beetje respect, heren.'

Misschien aangemoedigd door oom Otto zei ik: 'Anne wilde schrijver worden. Dat is gelukt. Doet het ertoe dat ze er zelf niet bij is om het mee te maken?'

De man liep weg. Hij ging aan de achterkant van de boot zitten, met zijn rug naar ons toe.

'Je bent een interessante jongen, Naff,' zei oom Otto. 'Je zou daar wat mee moeten doen.'

'Ik had het niet over mezelf.'

'Alles wat je zegt, gaat eigenlijk over jezelf. De ander dient slechts als spiegel.'

Oom Otto was een mooie man. Minuscule rode adertjes meanderden over zijn wangen. Vaak kwam hij met een nieuwe vriendin naar feestjes. Dan nog bleven sommige vriendinnen meekomen. Het kwam voor dat hij vijf vrouwen tegelijk meebracht.

‘Mijn moeder houdt er niet zo van als ik die verhalen vertel. Ik wil haar niet te schande maken.’

‘Je zult moeten staan voor wie je bent, Naff. Ongeacht wat anderen ervan vinden.’

Iris keek ineens naar mij. Ik weet niet waarom ik niet naar haar zwaaide. Otto volgde mijn blik, draaide zich om, zag haar en draaide zich weer terug.

‘Meneer heeft smaak.’

Hij zei het net te hard.

Ik kon me niet herinneren dat ze destijds al schreef. Misschien had ze dat voor zich gehouden. Op het moment dat ik naar haar toe wilde om te vragen hoe dat zat, begon de castingdame een praatje over wat er die dag ging gebeuren. De rondvaartboot vertrok. Na het aanleggen aan de kade, vlak bij de set, die niet meer dan een stuk gracht was dat ze met linten hadden afgezet, werden we door haar van de boot af gejaagd.

‘Raus, raus,’ riep ze. De meeste aanwezigen moesten lachen.

Buiten op de kade waren we springerig als koeien die na de winter voor het eerst in de wei werden gelaten. We werden in een rij opgesteld. Niemand kon het helpen associaties met kampen te hebben, waar ze steeds op appèl moesten staan, soms urenlang. Veel van de figuranten hadden zelf de oorlog meegemaakt.

Een man van een van de andere castingbureaus schreeuwde motiverende, instructieve zinnen en wees iedereen waar die moest staan. Oom Otto werd met oude mensen in een rij gezet. Ik stond naast een Engelse jongen op een terras. Hij was de ober en ik was de klant. Op het moment dat hij me koffie bracht, moesten we doen alsof we als aan de grond genageld naar de gepantserde voertuigen stonden te kijken die over een brug kwamen gereden. Of het echt zo was gegaan, wilde ik bij de figuranten checken die het mee hadden gemaakt.

De volgende scène speelde zich af in een prachtige antieke blauwe tram. Aan de buitenkant zat een speciale filmlamp bevestigd die naar binnen scheen. De acteur die Otto Frank speelde, de vader van Anne, zat naast me op de bank. Een andere acteur speelde zijn vriend en moest op hem afkomen om hem te waarschuwen dat ze het bedrijf moesten laten registreren als een Joods bedrijf. Dat was een slecht voorteken, vond hij. Van de assistent-regisseur moest ik uit het raam kijken. Dat lukte niet goed. Steeds draaide ik mijn hoofd in de richting van die vriend die op Otto Frank af kwam lopen. Dat vond de assistent-regisseur een natuurlijke reactie, en hij zei dat het goed was.

Iris zat met haar donkere ogen en dat schrift op het achterbalkon. Net als op de boot staarde ze voor zich uit en schreef af en toe wat op. Soms keek ze naar mij. Ze had iets heiligs, als een non.

De tram begon te rijden. De acteur die naar Otto Frank moest lopen, vergat de hele tijd zijn tekst. Die bestond uit één zin, namelijk: *'Otto, Otto, I think we have to register.'* Ergens onderweg moesten we ons langs een verkeerslicht werken, wat alleen kon als de lamp aan de buitenkant ingeklapt was. Doordat we een rondje reden, moest dat elke keer opnieuw gedaan worden als hij dat zinnetje had verprutst. Alle acteurs en alle figuranten kenden zijn zinnetje na een tijdje. Ik vroeg aan de regisseur of ik het niet zou doen, dat zinnetje zeggen, maar daar gaf hij niet eens antwoord op. Het rondje hebben we wel duizend keer gereden en elke keer moest die lamp ingeklapt worden. Een keer riepen we toen die acteur weer aan kwam lopen allemaal tegelijk: *'Otto, Otto, I think we have to register.'*

Misschien lijkt dit allemaal niet zo belangrijk, maar het ging nu eenmaal zo. Deze gebeurtenis leidde tot een volgende, die licht werpt op mijn zaak. Hou vol.

Na de lunch werden we in een rij voor een winkel gezet. Op het moment dat de opname zou beginnen, werd Mary Steenburgen voor mij in de rij gezet. Dat was een beroemde actrice. Jack Nicholson had haar ontdekt.

'Hé, hé, achteraan aansluiten, hè!' riep ik. Mary glimlachte alleen maar naar me en negeerde me verder. Ze wist dat ik als een puppy in haar handen was. Er is een foto van vlak na dat moment. Ik sta schuin achter haar. Ze houdt met een hand haar jas dicht. Misschien dacht ze nog aan wat ik gezegd had.

Iris stond achter de camera te wachten. Filmen is vooral wachten. Ze keek naar mij. Het boekje had ze in haar hand. Wat ze op dat moment dacht, kon ik alleen maar raden.

Toen de scène erop stond, was het voor die dag klaar en wilden we naar huis gaan, maar alsof ze zelf een Gestapo-officier was, droeg Silverschmidt ons op om te blijven staan. Toen ik de man die ik per ongeluk op de boot had omgeduwd, vroeg hoe het in werkelijkheid allemaal gegaan was, begon hij me op allerlei onjuistheden te wijzen die in de film zouden komen. Tijdens de scène met de intocht van Duitse troepen hing een oud echtpaartje een Nederlandse vlag over hun balkonnetje. Dat was onzin. Is nooit gebeurd, zei hij. Toen ik de assistent-regisseur van die ramp op de hoogte bracht, zei hij alleen: *'That's artistic freedom.'*

Dat vond ik mooi. Die frase heb ik onthouden. Het leek me een term waar ik nog weleens wat aan kon hebben.

Tijdens het wachten was er een andere man uit de synagoge

die vertelde dat hij in een kamp had gezeten en dat hij soms zomaar zijn kinderen het huis uit zette.

'Ik kan me niet voorstellen dat het goed voor ze is als u ze steeds het huis uit zet, alsof het slechts vaasjes in uw leven zijn die u alleen als het u goeddunkt uit de kast haalt om met bloemen te vullen.'

Hij zuchtte.

'Ik kan het niet helpen.'

Na een halfuur wachten ontstond er opwinding toen een klein, dik vrouwtje aan de arm van de regisseur de set op kwam. Dat was Miep Gies. Ze liep rond alsof ze de koningin was, wat op die dag op die plek misschien wel een beetje zo was. Ze stelde allemaal vragen aan de figuranten in de rij. Ook mij stelde ze vragen toen ze voor me stond.

'Hoe vond je het om mee te doen? Weet je al veel van de oorlog?'

'Ik heb er zo mijn ideeën over,' zei ik.

'Zou jij ook in het verzet zijn gegaan?'

'Nee, het lijkt me slimmer als ik me aangesloten had bij de bezetter.'

'Vind je dat grappig?'

'Het is toch de beste overlevingsstrategie om je, bij voorkeur niet al te opvallend, bij de winnaar aan te sluiten?'

De castingdame fluisterde iets in Mieps oor.

'Aha! Joodse humor. Anne was ook zo grappig. Een leuk, springerig meisje. Ze zaten heus niet alleen maar over die oorlog te zuchten daarboven, hoor. Met mij maakte ze altijd lolletjes. Maar in het dagboek heeft ze alle grapjes weggelaten voor wanneer ze het na de oorlog uit zou laten geven. Grapjes verzwakten het verhaal. Volgens mij zei ze dat. Ik weet het ook allemaal niet meer precies, het is al zo lang geleden en er is in die tijd zoveel gebeurd! Ze maken er na al die jaren nog steeds films over.'

Het was vreemd. Het leek alsof ze bevestiging van mij wilde. Omdat ik tot het volk behoorde.

'Ik vond er eigenlijk weinig aan, dat dagboek. Zo slachtofferig.'

Miep keek even naar mij, richtte daarna haar blik op de vrouw naast me in de rij en ging met haar rug naar me toe staan praten. Wat ik werkelijk van dat dagboek vond, wist ik helemaal niet. Ik had het nog niet gelezen. Iets weerhield me.

'Anne wilde schrijver worden, dat is haar gelukt,' riep ik nog in Mieps richting. 'Doet het ertoe dat ze er niet bij is om het mee te maken?'

Daar reageerde ze niet meer op. Ze draaide zich pas om toen Mary Steenburgen op haar afkwam. Mary negeerde me en zei niets over wat ik eerder tegen haar had gezegd. Ze riep alleen lovende dingen naar Miep. Mary was lang, slank en charmant, heel anders dan Miep. Dat was waarschijnlijk ook artistic freedom.

Toen de rondvaartboot terug was bij het Anne Frank Huis en ik mijn spullen zocht, kwam Iris naar me toe.

'Naff?'

'Iris.'

'Hoe is het? Schrijf je nog verhalen?'

Ze hield haar boekje omhoog.

'Mijn moeder heeft het liever niet. Ik heb het een beetje gelaten voor haar. Mijn vader daarentegen is zelf ook een verhalenverteller, net als zijn vader, mijn opa. Ik zit tussen twee vuren.'

'Des te meer reden,' zei ze. 'We moeten met onze generatie ons leven terugpakken.'

'Hoe bedoel je?'

‘Kom mee. Dan kunnen we het erover hebben. We gaan wat drinken met een aantal mensen uit sjoel.’

‘Is dat verstandig? Ik ben niet zo populair bij die mensen.’

‘Bij mij wel. Kom,’ zei ze.

Op de kade voor het Anne Frank Huis sloot ze zich aan bij het groepje dat daar had staan wachten. Ik volgde ze op drie meter afstand. Af en toe keek Iris met haar bijzondere donkere ogen achterom. Kennelijk was het niet nodig om een eeuwige sjikse te zijn om me te betoveren.

Het schrijfboekje hield ze in haar rechterhand. Niemand leek er moeite mee te hebben dat ze af en toe wat opschreef. Als ik dat zou doen, zou ik me een zonderling wanen, een buitenbeentje, als een van mijn geliefde loeftmentsjen in een zaal gereformeerden.

Ik wilde haar een andere naam geven, een waarmee alleen ik haar aansprak. Michael Jackson vond ik passend. Die had ook van die mooie donkere ogen.

Uiteindelijk eindigden we in café Het Papeneiland. Ik heb de neiging óp het Papeneiland te zeggen, maar het is natuurlijk geen echt eiland. En er waren ook geen papen. Ik weet eigenlijk niet hoe het café aan die naam is gekomen en ook niet waarom me dat boeit. Ik let vaak op kleine dingen van taal. Mijn vader ook. Die hielp me vaak als ik een woord fout gebruikte of een uitdrukking verhaspelde. Sommige mensen vinden dat irritant. Ik niet. Feedback is feedback. Hoe moet je anders iets leren?

Hoe dan ook. Achter in het café was een grote vierkante tafel gepropt, waar ze omheen gingen zitten.

‘Kom, Naff.’ Michael Jackson klopte op de bank naast zich. Het hout was hard aan mijn billen, toen ik ging zitten. Ze legde een hand heel even lichtjes op mijn schouder. Natuurlijk vroeg ik me af wat de bedoeling hiervan was.

Zij nam de leiding bij het bestellen, toen de ober bij de tafel kwam. Zij was de baas, de inspirator.

'Naff, ik hoorde dat je Miep Gies op haar nummer hebt gezet.' Leon had ik ook niet meer gezien sinds mijn bar mitswe.

'Ach ja, soms heb ik zo mijn momenten.'

'Misschien. Maar of het goede momenten zijn...'

'Leon!'

Dat was Iris. Ze keek naar hem zoals een vrouw naar haar echtgenoot kijkt wanneer die in gezelschap iets verkeerds heeft gezegd. Zouden ze iets hebben? dacht ik.

Geïrriteerd zei Leon: 'Hoe hebben jouw ouders de oorlog eigenlijk overleefd?'

Ondanks zijn toon en de wonderlijke overgang beviel de vraag me. Eindelijk iemand die er rechtstreeks naar vroeg. Er kwam een openheid over me als tijdens een verliefdheid en ik vertelde hem over mijn opa en de razzia en hoe ze naar Friesland waren verhuisd en ik vond het fijn om hun erover te vertellen.

Daarna ging iedereen los. Iemands vader was als baby van drie maanden gered doordat een Duitse officier die hen mee moest nemen, zei dat het zo'n lelijke Joodse baby was dat ze de volgende dag terug zouden komen om hem in een speciaal babypakje met een capuchon te wikkelen. Tegen die tijd was er natuurlijk niemand meer in het huis. Dat had de officier ook wel geweten. Een andere vader was geruild tegen een Rembrandt en had daarna de oorlog op Jamaica en Curaçao doorgebracht. Weer een ander was als baby uit de crèche gesmokkeld. Die crèche was tegenover de Hollandsche Schouwburg, waar de Joden bij elkaar werden gedreven bij een razzia. Iedereen had zo'n verhaal over zijn ouders. Allemaal. Niemand uitgezonderd. Dat was ook logisch, natuurlijk, anders waren ze er niet geweest, maar toch, daar had ik nooit eerder zo bij stilgestaan.

‘Het is belangrijk dat we die verhalen in herinnering houden,’ zei Iris. ‘Ik ga naar een cursus Schrijven over de Shoah.’ Ze kneep zachtjes in mijn hand. ‘Dat is ook iets voor jou.’

‘Shoah’ was Hebreeuws voor ‘Holocaust’. De Nederlanders die het meegemaakt hadden, was me opgevallen, hadden het simpelweg over ‘de oorlog’, maar ze bedoelden hetzelfde. ‘De Holocaust’ zeggen maakt het abstracter, afstandelijker, terwijl het toch gewoon fysiek mensen uit huizen halen was en in kampen opsluiten. Er was direct contact.

‘Ik vind het wat overdreven.’

‘Ga toch mee. Het is overdag in het Holocaustmuseum en ’s avonds zijn we in Tel Aviv.’

‘Het archief van Tedje is naar dat museum overgebracht.’

‘Des te meer reden.’

Ze legde haar schriftje op tafel.

‘Als je met me meegaat, dan moet je me voorlezen uit jouw schrift. Mijn moeder heeft het daar nog steeds over. Ze vond het hilarisch.’

‘Dan zou ik het schrift terug moeten vinden.’

‘Dat is toch niet zo ingewikkeld?’

‘Misschien ga ik inderdaad wel mee. Ik kan in het archief op zoek naar Henoch en Brucha.’

Toen ik afgeleid werd door de ober die vroeg of we nog wat wilden drinken en er een rondje thee en fris werd besteld en hij ‘spannend’ zei, riep Leon ‘Waar hebben jullie het over?’ op een manier die verraadde dat er meer tussen hen was dan ze aan het publiek lieten blijken.

Het kon natuurlijk paranoia van mij geweest zijn.

Thuis was mijn moeder bij het fornuis met een pan draadjesvlees in de weer. Wat aten we dat eigenlijk vaak.

'Mam?'

'Wat?'

'Ik wil naar een schrijfcursus van het Holocaustmuseum in Jeruzalem. We slapen in Tel Aviv. Iris gaat ook.'

'Wat voor cursus?'

'Schrijven over de Shoah.'

Daar had ze van gehoord.

'Die cursus schijnt goed te zijn voor de tweede generatie. Dat mag vast wel.'

Ik probeerde mijn vreugde niet te laten doorschemeren. Er moest eerst nog iets gebeuren. Ik vroeg mijn oude tekenschrift terug.

'Ga je weer verhalen vertellen? Nee, toch? Over de loeftmentsjen en eeuwige sjikses? Is het niet genoeg?'

'Hé, wat weet je dat nog goed! Weet je waar het is? Ik wil Iris eruit voorlezen.'

Ze zette een schaal met vlees op tafel. Het bleef een hele tijd stil.

'Mag ik het terug?'

Toen kwam het eruit.

'Ik heb het weggedaan. Het leek me beter voor je.'

'Wat?'

'Ik heb het weggedaan.'

Ik kon niet geloven dat ze het weggedaan had terwijl ze wist hoe belangrijk het voor mij was. Toen ik boos naar mijn kamer stampte, schopte ik voor straf de wasmand om die in de gang stond.

Agressie raak je niet kwijt door een vechtsport te beoefenen. Dat is een misvatting. Dat denken mensen, vooral als ze het goed bedoelen, maar mijn broer zat vroeger op een vechtsport en als hij me in de gang passeerde, maakte hij altijd karatetrappen in mijn richting. Hij voelde zich om die reden na een jaar genoodzaakt ervanaf te gaan.

Hoe dan ook. Nadat ik eerst op bed had liggen huilen, ging ik naar de keuken. Mijn moeder was de sla aan het wassen.

'Mam? Sorry voor mijn woedeaanval.'

'Dat kan gebeuren.'

'Mag ik nog steeds gaan?'

Het was me niet opgevallen dat ze niet geïrriteerd praatte.

'Het zal je goeddoen,' zei ze. 'Als je maar wel terugkomt om je school af te maken. Nog één jaar.'

'Als je me mijn schrift teruggeeft, maak ik mijn school af.'

Daar zei ze niets meer op.

's Ochtends bracht mijn moeder me een bord met roerei en pekelvlees. Ze was bijzonder in haar nopjes. Ze praatte ineens aan één stuk door. Het jaar was met goed gevolg afgerond. Het jaar erop zou ik mijn school afmaken en die zomer was ik weg tijdens de drie weken dat zij gepland had met mijn vader een reis naar Indonesië te maken.

Ik belde Els om het te vertellen.

'Lul. Ik wist wel dat je uiteindelijk het liefst met iemand van je eigen volk zou gaan.'

'Wil je mee?'

'Grapjas.'

Ik heb haar niet meer gezien, ook niet sinds ik terug ben.

In Jeruzalem

Mijn moeder had niet overdreven over de loeftmentsjen in het land. Ik had verwacht dat ze ergens afgezonderd zouden wonen, in een moderne voortzetting van sjtetls, maar al op het vliegveld van Tel Aviv waren ze overal. Het was alsof ik overal Brucha en Henoch zag lopen. Ze schreden traag voort, met hun kinderwagens, hun schare kinderen, ondanks de hitte met hun sjtreimels, die bontmutsen. Het was een graad of dertig. Dat was nog mild weer voor deze tijd van het jaar op deze plek.

De loeftmentsjen leken ook op mijn vader. Hij stamde als gezegd af van de priesterstam, de *Cohaniem*, de Cohennen. Het was alsof iedereen hier familie van hem was. Of iedereen? Een hoop mensen. Misschien stelde ik me aan, misschien overdreef ik, misschien beeldde ik het me in, was ik gek geworden, zag ik mijn eigen fantasieën rondlopen, was het niet de realiteit, niet dat wat er echt was.

Ik was ook zo moe. Het was woensdagochtend zes uur. Maandagnacht had ik kort geslapen, de nacht voor vertrek. Daarna lukte het niet meer van de opwinding over de reis. Ik lag wel en draaide en draaide, maar er gebeurde niets.

'Kom, Naff. We moeten verder,' zei Iris.

Het programma was als volgt. We zouden de eerste nacht in Jeruzalem doorbrengen om verbinding met onze Joodse wortels te maken, zo zeiden ze. De volgende ochtend stond een bezoek aan het Holocaustmuseum gepland. Die middag was er een trip naar de Klaagmuur. Daarna zou er een lang vrij weekend zijn. Dat begon donderdagavond al. Mijn nicht woonde vlakbij in een kibboets. Ik wilde haar tijdens dat weekend daar bezoeken. Iris had ik meegevraagd. Zondagavond moesten we ons in Tel Aviv melden voor het daadwerkelijke begin van de cursus. Er was een shuttle naar het archief in Jeruzalem beschikbaar om bronnen te onderzoeken.

Iris trok me mee naar de uitgang, de aankomsthal uit, naar onze bus, duwde me op een stoel bij het raam en ging naast me zitten. Ze zette een lied in. Er zaten mensen uit de VS, Engeland, Frankrijk, Zuid-Afrika en Argentinië in de bus. Allemaal zongen ze mee.

'Zing je niet, Naff?' zei ze na een tijdje.

'Die liedjes ken ik niet.'

'Kom op. Je hebt een mooie stem.'

Buiten trok een zanderig landschap voorbij dat me betoverde, nog meer dan het haar van Els.

De bus sloeg af. Op het verkeersbord stond in het Hebreeuws, Engels en Arabisch: JERUZALEM. Het landschap werd bergachtig. De rotsen hadden eenzelfde gele kleur als het zand. Misschien dat daar die Joodse obsessie met blond haar vandaan kwam. Het herinnert ze aan duizenden jaren terug. Een leuke gedachte, maar onzin natuurlijk. De reden dat een blonde vrouw mannen van het volk aantrekt, is klassiek. Ze lijkt niet op hun moeder.

Er werd niet meer gezongen. Bijna iedereen sliep. Iris niet. Zij schreef in haar boekje. Af en toe keek ze naar buiten.

'Mooi, hè,' zei ze.

Ik knikte. Wat kon je er meer over zeggen?

'Wat schrijf je in je schrift?'

'Gedachten en gevoelens over hoe het is om hier te zijn.'
'En? Hoe is het voor je?'
'Het is als thuiskomen.'
'Thuiskomen? Hoezo?'
'Iedereen is zoals wij.'
'Wij zijn toch geen loeftmentsjen?'
'Loeftmentsjen?'
'Chassidiem, weet je wel. Onze voorouders in zwarte pakken.'
'Madness.'
'Precies. Gekkigheid. Allemaal dezelfde kleren, allemaal hetzelfde dagritme.'
'De band, bedoel ik. "Baggy Trousers".'
'O ja, natuurlijk.'

Toen we op de stoep van ons hotel in de hitte die de bus afgaf en de zwoele avondbries stonden te wachten tot de koffers en tassen uit het bagagedeel waren gehaald en op de tegels waren gezet, zag Iris me naar de mensen daar kijken.
'Jeruzalem is vol religieuzen,' zei ze. 'In Tel Aviv wonen vrijdenkende mensen. Daar pas ik beter tussen.'
'Ik zie jou eerder met een sjeitel en zo'n maillot aan,' zei ik.
'Heel leuk.'
'Hoe bevalt het jou hier, Naff?' zei ze toen serieuzer.
'Het is alsof ik tussen mijn voorouders loop. Alsof die oorlog nog niet geweest is.'
Ze keek naar me met zo'n blik.
Leon verscheen in de deuropening.'Komen jullie?'
'Jezus! Wat doet hij hier?!'
Ze haalde haar schouders op, een beetje betrapt en tegelijk verlegen.

‘Hij wilde die cursus volgen.’

‘Hij wilde jou volgen, Iris. Wat denk jij nou? Hij heeft de diepgang van een branding. Hij is niet zoals wij.’

Ik wees op het opschrijfboekje in haar hand.

‘We zien wel, goed?’

Op haar koffer en mijn plunjezak na was de stoep leeg. Iedereen was al naar binnen gegaan. Haar koffer reed ze vlot naar binnen, achter Leon aan het hotel in. Net als alle gebouwen in Jeruzalem was het gemaakt van blondgeel steen. Mijn logge plunjezak sleepte ik over de grond achter me aan.

Binnen was er geen receptiebalie. In een open ruimte deelde iemand sleutels uit. Leon pakte er een aan. Iris zei: ‘We zitten met zijn drieën op een kamer’ en liep achter hem aan een gang in. Ze hield even halt, draaide zich om, vond me met haar bruine ogen, wenkte me toen ik daar maar bleef staan, draaide zich weer om en liep weg. Toen ik haar vond in een van de kamers, zat Leon op een slaapzak op een bed en was zij bijna klaar met het opmaken van haar bed met een dubbelgevouwen tweepersoonslaken. Ik ging op mijn kale bed zitten, dat zo stoffig was als de vloer.

‘Naff, heb je geen slaapzak mee?’

Ze klopte op haar lakens.

‘Ik wist niet dat je die zelf mee moest nemen.’

‘Ik ga pissen,’ zei Leon. Bij de deur deed hij bij wijze van grap alsof hij zijn linkervoet tegen de deurstijl stootte. Ik deed alsof ik het niet zag. Voor Iris, die naar mij keek, gebeurde het buiten haar blikveld.

‘Hebben ze jou geen brief gestuurd? Je moest een slaapzak en een lakenzak meenemen.’

‘Dat zie ik.’

'Als we de bedden tegen elkaar zetten, kunnen we mijn slaapzak delen.'

Ze wachtte niet op antwoord, begon aan mijn bed te trekken, trok me er toen aan mijn voeten vanaf. Ze lachte naar me terwijl ik daar op de grond lag, schoof haar bed tegen het mijne, spreidde het laken uit over de twee matrassen, pakte haar slaapzak uit de koffer, ritste die open en spreidde die over het laken uit.

'Zo,' zei ze. 'Opgelost.'

Had ze me daarom niks gezegd over die lakens, dacht ik, om mij enorm te verleiden?

'Wat aardig van je,' zei ik. '*Wink, Wink, nudge, nudge, say no more.*'

Ze zei er niets op terug en ik had nog geen idee of ze alleen aardig wilde zijn of iets beters in gedachten had.

Leon kwam in de deuropening staan en nam de nieuwe situatie in zich op.

'Gewoon als vrienden,' zei Iris. Het was niet duidelijk tegen wie.

'Wie wil er koffie?' zei hij.

Toen we niets zeiden, draaide hij zich weer om en verdween de gang in.

'Ik zal een beetje op je passen,' zei Iris. 'Je ziet er moe uit.'

Ze pakte haar schrift en staarde voor zich uit. Af en toe schreef ze wat op.

'Mag ik lezen wat je schrijft?' zei ik.

Daar antwoordde ze niet meer op. Ze was ergens anders. Toen ging ik maar op de gang rondkijken. Het gebouw was een vierkant blok met in het midden een patio. Het leek me niet echt een hotel, eerder appartementen, waarvan de kamers als slaapzalen gebruikt werden of zo.

Het was donker op de binnenplaats. Ik ging op een houten

bankje liggen. Boven mij fonkelden de sterren tegen een zwarte hemel.

De nacht duurde eindeloos. Ik had al sinds dinsdagnacht niet meer geslapen. Leon kwam naar me toe toen het ochtend was.

'Kom op. De bus vertrekt.' Mijn tas legde hij naast de bank neer en hij trok me overeind. Iris riep ons ook nog. In de bus hield ze een plek vrij, maar Leon stond voor me, waardoor ik er niet bij kon. Hij ging er snel op zitten, de lul. Hij was een soort Maurice. Iris deed niet echt iets om hem weg te krijgen. De twee stoelen voor haar waren vrij. Die bij het raam zat het lekkerst. Niemand nam de stoel naast me. De anderen die de dag ervoor in de bus zaten, waren er ook.

Het was niet ver rijden naar het archief. We werden ontvangen door Jossie. Hij nam ons mee langs het archief in de kelder. Het was en werd niet alleen samengesteld uit wat het museum zelf onderzocht. Regelmatig werd er een archief naar hen toe gestuurd, vertelde hij. Na de oorlog waren er in Oost-Europa veel zonder eigenaar overgebleven. Die werden naar Jeruzalem gestuurd. Jossie maakte een kom-mee-gebaar in mijn richting. Om de hoek wees hij naar – ik moest bijna huilen – het archief van Tedje. De kast die nooit open was gemaakt, stond er ook.

'We zitten met een probleem,' zei Jossie.

Ik trok een lade open. Alles was verschoven. Gelukkig was alles genummerd. Het was te herstellen.

'We snappen niet welk systeem ze gebruikt heeft. Kun jij ons helpen?'

Dat kon ik. Als zij mij wilden helpen met het zoeken naar Tjernivtsji.

Haast voor ik uitgesproken was, nam hij me mee naar een andere kant in de kelder naar een wand met grijze archiefkasten op wieltjes. Een was van hout. Daar ging hij voor staan.

'Wat is dat?'

'Het archief van Tjernivtsji. Naar ons gestuurd en aangevuld met ons eigen onderzoek. Het stond ergens in een kelder van het gemeentehuis. Ze kregen steeds brieven om informatie, waar ze niet aan konden voldoen.'

Op een van de planken stond tussen de archiefdozen een maquette van de oorspronkelijke sjtetl.

'Henoch en Brucha zijn in de negentiende eeuw naar hier gekomen en hebben een kolchoz gesticht, wat we nu een kibboets noemen.'

Jossie pakte een kaartenbakje.

'Jij gaat over hen schrijven tijdens de cursus. Hiermee kun je verder.'

In dit land wilden ze je nog weleens vertellen wat goed voor je was.

Ik deed mijn witte handschoenen aan. In het doosje zaten oude kaarten met gegevens van personen erop. Het bakje mocht ik gebruiken voor mijn onderzoek dat ik tijdens de cursus Schrijven over de Shoah wilde doen. Ik moest het wel in het archief laten.

Jossie vervolgde met de groep de rondleiding.

Tegen de muur stond een bankje met een zwartleren zitting. Man, wat was ik moe. Nog steeds was ik al die tijd wakker geweest. De kast die nooit open was gedaan, stond ineens voor me. Dat had een waarschuwing moeten zijn. Met een staaf die diende voor het openen van hoge ramen wrikte ik de kast die nooit geopend was, vrij makkelijk open.

Er kwam zonlicht naar me toe gestroomd. Het was een magisch moment. In de kast stond een miniatuursjtetl in de zon, anders dan in Oekraïne, waar ze van dat sombere weer hadden. De modderige omgeving was er ook niet. De sjetl was op rotsgrond gebouwd. Het mooie gele steen van Jeruzalem. Er was een gouden gloed omheen. Henoch en Brucha stonden bij de voordeur van hun hutje en lieten iemand uit die net gezegende kippen had gekocht.

'Gaat het?' Jossie stond ineens weer voor me, met de groep.

Ik kon de sjetl in de kast niet meer zien. Het moment was weg. De kast was weg.

'De sjetl hebben ze naar hier vlakbij geteletransporteerd, zei je? Doen ze nog steeds de kippenzegening?! Weet je dat?'

Ik deed licht hysterisch. Anders dan ik normaal zou doen.

'Ze hebben kippen, ja. Ik weet niets van zegeningen.'

Jossie pakte een meer dan honderd jaar oude kaart uit de kast, waar Sjetl op aangegeven stond. Het was op een van de heuvels aan de rand van Jeruzalem. Jossie gaf me een moderne kaart waar ze de oude overheen gedrukt hadden. Het was de kibboets waar mijn nicht woonde. Dat verklaarde een hoop. Ik had haar niet meer gesproken sinds ze daarnaartoe was geëmigreerd. Dat weekend zou ik er zijn. Dan mocht ik vast de kippen zegenen. Ik was een nazaat van ze.

God, wat was ik moe.

Het bakje met kaarten stond bij mijn voeten. Dat hield ik uit het zicht tot we in de bus zaten.

Toen we reden, kwam Iris over de rug van mijn stoel heen hangen.

'Ben je benieuwd naar de Klaagmuur?'

'Ja.' Ik zei het te mat naar haar zin.

'Lekker enthousiast.'

'Heb jij weleens van Sjetl gehoord?'

Ze keek een beetje angstig naar me.

'Gaat het wel goed met je, Naff? Je ziet er zo moe uit.'

'Jaja, maak je geen zorgen.'

Ze kwam naast me zitten. Bij het uitstappen pakte ze mijn hand, wat ik gek vond. Ze leidde me de Oude Stad binnen. Die was ook van dat prachtige blonde steen gemaakt, maar wel wat morsiger dan de nieuwere gebouwen. Door dat slaapgebrek kwamen in de bedompte straatjes en steegjes de geuren van vis- en vleesstalletjes en van groenteafval op de grond harder binnen dan anders. We eindigden bij een groot plein voor de Klaagmuur, het enige overblijfsel van de tweede tempel, die 70 jaar na Christus door de Romeinen verwoest was.

'Kom, Naff,' zei Iris.

Ze trok me aan mijn hand door een menigte in van die traditionele zwarte pakken. Overal waren ze. Links mannen, rechts vrouwen. De mannen droegen kniebroeken met lange witte sokken of gewone lange broeken. Er was veel meer variatie dan in Parijs destijds. Sommigen hadden korte mouwen, anderen droegen jassen, er waren zelfs sjtreimels te zien, maar vooral hoeden en keppeltjes. Overal. Iedereen had zijn hoofd bedekt. Er waren ook veel toeristen, zoals wij.

Iris zei: 'Je moet een briefje in de muur duwen.' Ze trok me mee. Ik bleef staan waar we stonden, op twee derde van het plein, daar was het nog relatief rustig. Verderop, dichter bij de Klaagmuur, werd de mensenmassa compacter.

'Weet je wat er met me is?'

Het trekken hield op. Ze kwam tegenover me staan.

'Ga je het eindelijk vertellen?'

'Op mijn zevende heb ik toch die toespraak gehouden tijdens de housewarmingparty?'

'Ja, dat weet ik van mijn moeder. Ze vond het hilarisch. Dat heb ik toch gezegd? Wat is er dan? Nee! Ga je het nu weer doen?'

Haar ogen werden wijd, ik nam aan van enthousiasme.

'Dat was ik niet van plan. Maar het is wel altijd aan me blijven knagen.'

'Echt niet? Ik zie je er wel voor aan.'

'Ik ben zo moe.'

'Kom op, Naff. Doe je ding.'

Ze trok me mee de meute door in de richting van de muur. De loeftmentsjen omringden ons. Die zwarte kleding was eigenlijk zo gek nog niet. Het gaf hun iets geheimzinnigs. Alsof ze dingen wisten die ons ongelovigen ontgingen.

Het was krap, soms duwden we mensen opzij om erlangs te kunnen. Toen we de muur bereikt hadden, voelden de stenen ruw aan mijn vingers. Een steen lag op zijn kant en was ongeveer één man hoog, misschien iets lager. Mensen propten briefjes met hun wensen in de spleten. Voor een ziek familielid of zichzelf. Ik wilde de mensen van het volk helpen vrede met die oorlog te vinden. Dat schreef ik op het briefje dat ik in de muur propte.

God, wat was ik moe.

Een lange, dunne, jonge man stond voor de muur te sjokkelen. Misschien hielp het bij het naar binnen keren, waar bidden toch voor bedoeld is. In Parijs had ik het ook gezien!

Ik klom op een bankje dat er stond, of een soort kistje, ik wist niet wat het daar deed. Misschien was het van de ordedienst. Bang voor diefstal waren ze in elk geval niet daar.

'Mentjsen!'

Ik kon het niet meer tegenhouden.

'Loeftmentjsen! Ich will dier hielfen miet der Krieg. Immer doch der Krieg! Das machtst doch verrückt?!'

De mensen bleven vrij rustig onder mijn toespraak en gingen eigenlijk allemaal door met wat ze aan het doen waren. Dat was ook het probleem. Niemand besteedde aandacht aan de boodschap die ik voor ze had. Waarschijnlijk waren ze bij die muur al zo vaak getuige geweest van iemand die een catharsis beleefde.

Een niet al te lange loeftmentsj begon tegen me te brullen en gebaarde dat ik van dat kistje af moest komen. Toen zag hij Iris vlakbij naar ons toe komen. De man verlegde zijn aandacht naar haar en ging voor haar met zijn armen staan wapperen.

'Rot op!' zei Iris, wat ik niet van haar verwacht had.

De man kwam terug met een geluid dat als 'ksjt, ksjt' klonk. Hij stond net ver genoeg om niet door haar aangeraakt te kunnen worden. Dat hij zo met haar bezig was, gaf mij de kans mijn speech op te pakken.

'Mensen!' riep ik weer. Ik stak net iets boven de menigte uit. '*Leute*. Wees trots. Er is meer dan alleen die oorlog! Wees trots op jezelf!'

Er begon zich een klein groepje luisteraars om ons heen te vormen. Ik realiseerde me niet eens dat de meesten me niet verstonden.

De man siste nog steeds naar Iris.

'Naff, afronden,' zei ze, gebarend alsof ze haar keel doorsneed. Het gesis werd nog harder. Hij draaide om haar heen. Een vriendelijke Engelsman, lang en dun in een burberry pak, kwam bij ons staan. Het gesis naar Iris stopte.

'The women go on the right side of the square. They have a separate section from the men.'

'Yes, yes,' zei ik. *'Like in Paris?'*

Toen Iris niks ondernam, wees hij naar rechts. Iris maakte nog steeds geen aanstalten om weg te gaan. Het ksjt, ksjt van die loeftmentsj begon weer en hij probeerde haar met wegwuivende armen te bewegen om de andere kant op te gaan.

'Laat maar.' Ze trok me van het kistje. Mijn hand waar ze aan trok deed er pijn van. De meute was te dik om te ontkomen. De man bleef rondjes om haar heen draaien en bleef sissen. Wat een mafkees. Naar mij hield hij een papieren rondje omhoog, als een chimpansee die probeert een jonkie een banaan aan te laten pakken. Dat bleef hij doen, terwijl hij af en toe naar Iris keek en weer siste, dan weer naar mij keek en probeerde me het papieren rondje te laten aanpakken.

Opeens viel me op dat die dingen overal waren. Ze zweefden over het plein. Blonde toeristen hadden ze op hun hoofd. Dat was zijn probleem! Mijn hoofd was onbedekt.

Daarop neigde ik naar voren, als een Japanner in een begroetingsceremonie. De sissende man had dat niet voorzien, dat ik naar hem toe zou buigen, hij was gewend dat mensen het papieren keppeltje aanpakten. Ik niet. Met een diepe buiging bracht ik mijn kruin voor hem, misschien wel als een pelgrim bij de paus zou doen op het Sint-Pietersplein. Hij werd niet boos of agressief deze keer, hij moest lachen, bleef even wachten, murmelde wat en plaatste het papieren heiligdom heel traag en plechtig op mijn hoofd. Het deed me meer dan ik verwacht had. Ik had het half voor de grap gedaan, maar het had een effect alsof ik ineens deel uitmaakte van de mensen op het plein.

Mijn god, wat was ik moe.

Bij wijze van groet boog de man naar mij. Nadat hij zich had omgedraaid, keek hij statig over het plein. Met het papieren keppeltje op stapte ik op het kistje en hervatte de toespraak van weleer.

'Mentsjen von meinem Volk.'

Twee anderen kwamen de man helpen die weer was begonnen met gesis in de richting van Iris.

'Rennen!' zei ik. Er was een kleine corridor tussen de voorste mensen en de muur. Daar wurmde ik me doorheen, met

Iris achter me aan. De sissende man raakte op achterstand. Aan de rand van de meute was een uitweg.

'Kom, daarheen,' brulde ik.

Waar de Klaagmuur ophield bevond zich een poort die openstond. Binnen waren metershoge bogen als in een kathedraal. Kasten, stoelen en nog wat meubilair, een soort kerkbankjes, stonden rommelig tegen de wanden. Een man stofte met een vochtig doekje een spreekgestoelte af.

Hij bleef poetsen en zong loeftmentsjliedjes, van je bie-die-bie-die-bom.

O, nee! Waar was mijn enveloppe met de landkaart? Had ik die bij het kistje laten liggen? Vanaf hier zou ik naar Sjetl moeten kunnen lopen.

De man pakte een zwarte leren riem met een vierkant doosje eraan.

'Tefilien?' zei de man. *'You want to say inner prayers. Reconnect to be a Jew?'*

'What?'

'Every morning a Jewish man uses tefilien to connect with the One above.'

Dat had ik ze zien doen in Parijs. Ze wonden een leren riem met dat doosje om een arm en zeiden een gebed. Uiteraard.

De sissende man snelwandelde op dat moment de poort binnen en struikelde daarbij over de drempel.

Een jongetje stond verscholen achter een kast en wees naar een laag deurtje. Of misschien was ik de enige die hem zag. Misschien was ik daar zelf niet eens. In elk geval zag ik het lage deurtje.

Toen ik ervoor knielde en de deurklink omlaag probeerde te drukken, gebeurde er niets. Er kwam geen beweging in. Dat was een beetje raar.

'Hé!' riep ik naar het jongetje. '*Woes ist does?*'

'*Oben.*' Hij wees naar de kruk en naar het deurtje.

'Jaja! Open.'

'*Oben.*' Hij wees nogmaals naar de kruk en naar het deurtje en vervolgens omhoog.

Met mijn vingers tastte ik de bovenste stijl van het deurtje af.

'*Iest niechts.*'

'*Oben.*'

Hij wees nog fanatieker omhoog.

'*Ja, oben, bitte.*'

Nu maakte hij met zijn hand een wrikkend gebaar.

De sissende man was nu bijna bij me.

'*Bitte! Hilfe!*'

Het jongetje sprong voor de sisser, waardoor die weer viel, en deed de deurklink omhoog.

'*Woes ein ontwerp,*' zei ik. '*Doch dank.*'

Achter het deurtje was een gang. Mijn knieën schuurden over de drempel. Voort maar. Doordat ik al zo lang wakker was, gingen mijn bewegingen traag. Ik hoop maar dat dat de reden was.

'*Hé, woes machts doe?*'

Mijn sissende vriend stak zijn hoofd naar binnen. Daarna stak Iris haar hoofd ook naar binnen. Hij had haar te pakken, maar mij niet. Ik tijgerde om te ontkomen. Langzaam ging ik voort. Het rook er naar vocht en schimmel. Uit mijn mond kwam damp, zoals wanneer ik door de polder van Zaandam naar Oostzaan schaatste. Er was bijna geen licht, alleen dat wat door het deurtje achter me naar binnen kwam, en het vlammetje van een kaars, dat aan het einde van de gang flakkerde. Het wierp een schaduw op een stuk hout erachter, zoals een schimmenspel achter een laken. Verder was er niets in de gang. Uit mijn neus druppelde dun snot. Met mijn vingers tastte ik de vloer af om te voorkomen dat scherpe, uitstekende rotspunten in mijn ellebogen of knieën zouden prikken.

Allejezus, wat ging dat tráág. Au, jezus. Kut. Ondanks de voorzorgsmaatregelen boorde iets wat als een spijker voelde zich in mijn rechterelleboog.

Het duurde eindeloos daar in die donkerte. Uren, leek het. Geen spoor van Iris achter me. Het werd moeilijker en moeilijker om te ademen. En ik was al zo moe. Bijna had ik het opgegeven, tot ineens, uit het niets, krachtig wit licht naar me toe stroomde.

Het voelde massief.

Tijgerend probeerde ik me een weg te banen, met mijn hoofd duwde ik het licht opzij. Onwillig gaf het iets mee, maar niet veel. Op de plek waar het vandaan kwam, stond een silhouet. Wat het licht veroorzaakte, wist ik niet. Maar ik begon te vermoeden dat ik me in de door mensen met een bijna-doodervaring vaak gerapporteerde tunnel bevond en dat dat silhouet daar in het witte licht God was.

Ik begon harder te tijgeren, krachtiger te duwen tegen het licht.

In minder tijd dan ik had gedacht, was ik er. Het bleek door een houten deur te stromen. Het silhouet bleek van mijn broer te zijn. Hij stond met zijn hand op de deurknop naar me te kijken.

'Wat doe jij hier? Wat is dit voor mafs?'

Hij gaf me een zetje om me door de deuropening naar binnen te krijgen.

'Hé, wat moet dat? Ik ben er nog niet aan toe om dood te gaan.'

Het was niet de broer van nu. Hij was jonger. Vijftien. Ik was ook niet van mijn echte leeftijd. Ik was zeven, de tijd dat ik dat tekenschrift volschreef.

'Ik wil je iets laten zien, ei.' Hij gaf me nog een zet de deur door. Met mijn kin stootte ik tegen de eetkamertafel in ons huis in Amsterdam. Dit was niet de hemel, zoveel was duidelijk.

Hij tilde me van achteren op, zachtjes in mijn oor hijgend. Hij wurmde me in zo'n kinderstoel met een klep ervoor als een tafeltje, waar je als kind zonder hulp niet uit kan. Ik paste er niet in. Daar was ik te groot voor. Nadat hij het blad eraf gehaald had, paste het beter.

De kamer achter me zat vol. Mensen praatten met elkaar. Jajo schoof me aan, bijna verveeld, plichtmatig, alsof het een ongewenste opdracht was geweest.

De kast uit de synagoge die nooit opengemaakt was, behalve dan door mij met die staaf die diende voor het openen van hoge ramen, althans, dat dacht ik, stond naast de tafel.

Jajo zei: 'Wil je wat moois zien? Iets wat echt voor jou is? Iets wat bij je verhalen past?'

Zonder mijn antwoord af te wachten trok hij de deur van de kast open. Mensen in zwarte pakken waren aan het skiën over een berg. Ze skieden uit het dal omhoog, rondden de top en zoefden omlaag aan de andere kant van de berg. Het waren loeftmentsjen. Die zag je nooit skiën. Laat staan omhoog.

'Waarom laat je me dit zien?'

De zin had ik nog niet uitgesproken of een meteoriet sloeg door de verdiepingen heen, sleurde me mee door het dak naar buiten, als een razende de dampkring uit, het vacuüm in, daar waar geen geluid was, zelfs niet het suizen van de wind. Geluid plant zich alleen voort door de lucht, in tegenstelling tot lichtgolven, die zich ook in een vacuüm bewegen, anders zou je sterren niet kunnen zien, maar er was geen lucht en ik zweefde door de perfect heldere sterrenhemel, waarvan de meeste sterren op een afstand van miljarden lichtjaren staan, in alle rust, ook innerlijk, tot de meteoor zich plotseling binnenstebuiten keerde en ik erin gevangen kwam te zitten.

In paniek probeerde ik met mijn vinger een gaatje in de wand te krabben, fanatieker naarmate ik meer succes had. Ik ging door tot er een redelijke opening was ontstaan, en nog langer, tot die groot genoeg was om me erdoor naar buiten te persen, met mijn hoofd als eerste. Ter hoogte van mijn heupen bleef ik steken. Mijn neus begon te druppelen van de kou. Pas toen ik mijn handen op de rand van het gat wist te plaatsen en kracht zette, kreeg ik mijn onderlichaam eruit geduwd en smakte ik uitgeteld op een grof zandpad neer. Op mijn rug lag ik op het pad te hijgen. Naast me in de rotswand was de opening nog kleiner dan het deurtje dat me de gang in geleid had. Dat ik me eruit had kunnen persen, was een wonder.

Het silhouet uit de grot boog zich over me heen en streelde mijn gezicht.

'Naff. Wat is er met je?'

De zon scheen op mijn armen, mijn gezicht, mijn oor.

'Naff!'

De entiteit sloeg me in mijn gezicht.

'Naff!'

De entiteit was niet God of mijn broer of Jezus of je-weet-wel-wie. Het was Iris. Naast haar stond de sissende man met de twee loeftmentsjen die hem hielpen, zij droegen fluorescerende gele hesjes.

'Je hallucineert.' Iris trok me overeind.

De mannen juichten.

‘Naff, gaat het met je?’

‘Ja, niets aan de hand.’

‘Grapjas. Kom. Bedank je redders.’

‘Dank oe, dank oe,’ zei ik zo Jiddisch mogelijk voor ik het op een lopen zette.

Kibboets Sjetl

In de taxi die we naar mijn nicht namen, het vrije weekend was begonnen, vertelde Iris dat ze dachten dat ik zuurstofgebrek had gehad in de tunnel, die niet voor mensen bedoeld was, die geleidelijk was uitgesleten. Destijds vond ik dat zuurstofgebrek ook een plausibele verklaring, maar nu, na wat er allemaal gebeurd is, wat ik nog vertel, twijfel ik eraan.

Ik had mijn ogen dicht en dacht aan de loeftmentsjen op het plein, en aan die op de ski's in de kast, en aan hoe mijn vader over ze vertelde, en daarna aan hoe hij over Henoch en Brucha vertelde in het huis van mijn nicht, en ik dacht aan de keer daarop dat ik daar was geweest, de laatste keer dat ik haar zag. Dat was op mijn elfde. Zij was achttien. Hoewel ze tijdens de bat mitswe een zelfstandige indruk op me had gemaakt, bijna feministisch, stond ze bij die ontmoeting op het punt uitgehuwelijkt te worden aan een tien jaar oudere man. Weliswaar was het een soort rabbijn, hoog aangeschreven om zijn kennis van de Joodse leer, iemand als Henoch, maar wat dan nog? Ik had meer van haar verwacht. Zíj zou degene zijn met grote kennis, en dan niet van de Joodse leer. Geneeskunde had me iets voor haar geleken.

Mijn moeder had alleen mij meegenomen voor de bruiloft. We logeerden ook die keer bij de familie in het grote huis. Mijn nicht zat ontredderd in haar nachthemd op de bank en bleef maar mompelen dat hij een wolf in schaapskleren was. Mijn tante kwam de woonkamer in. Ze leek niet erg onder de indruk.

'Haar chemische stofjes raken soms uit balans. Ze heeft al een paar dagen niet meer geslapen.'

'Dat is niet zomaar. Het komt door gebeurtenissen in haar leven. Die stofjes raken niet zomaar uit balans,' zei ik. 'Die man is een wolf in schaapskleren. Dat maakt haar in de war. Het is door iets wat in haar leven plaatsvindt dat ze uit balans raken, tante.'

Misschien kon ik mijn nicht redden.

Tante aaide me over mijn bol. Ik werd nog steeds niet helemaal serieus genomen.

Dat is mijn punt. Dat wat ze psychosen noemen, komt niet zomaar door wat stofjes die uit balans zijn. Gebeurtenissen in de realiteit zorgen ervoor. Ze willen de persoon die ze beleeft iets duidelijk maken.

Was dat ook zo met die gekke beelden die ik steeds doorkreeg?

Wat moest ik daarmee?

Boven de poort stond SJTETL. Dus toch. De huizen binnen de poort waren van hout en heel oud. Het was daar niet groot. Het leek precies op de sjtetl van Henoch en Brucha, wat ik niet kon weten, maar toch, zo had ik het voor me gezien. Er was ook een schutting om het dorp opgetrokken. Het verst van de poort was een grote houten schuur waar de tisj gehouden werd, dat was meteen duidelijk. Binnen waren geen stellages zoals in Parijs. Er stonden houten banken om een blankhouten tafel. Een vrouw zat met haar rug naar me toe op de plek waar op vrijdagavond de rebbe zou zitten. Haar zwarte haar was echt en niet bedekt, wat betekende dat ze ongetrouwd of afvallig was.

Ik had nog steeds niet geslapen. God, wat was ik moe. Ik wist even niet meer of ze echt was.

'Hallo,' zei ik.

Ze draaide zich om.

Daar was ze.

Ze knuffelde me even. Ze was het echt.

Het kan voor haar geleken hebben alsof ik bijna zou gaan huilen. Ze omhelsde me en we bleven een hele tijd in stilte zo omarmd staan. Als het iemand anders was geweest, had ik me losgewurmd. Ze maakte zich los om Iris te begroeten.

'Kom, ik laat jullie de kibboets zien.'

'De sjtetl, bedoel je,' zei ik.

We liepen een tijd in stilte.

'Brucha en Henoch zijn deze kibboets begonnen,' zei ik. 'Zijn ze ook verdergegaan met de kippenzegeningsbusiness (169 punten bij scrabble)?'

'Als je wilt, kun je een middagje bij de kippen werken als je hier bent.'

Dus het waren toch geen wanen. Behalve als mijn nicht een personage in mijn wanen was. Of als ik er een in die van haar was. Of als ze me in de maling nam. God, wat was ik moe.

'Dat mogen alleen nakomelingen van Brucha en Henoch doen, toch?'

Onderweg naar de kippenren bracht ze ons naar onze kamer, waar we de bagage neerzetten en ik als eerste het doosje met het kippenbotje op het bureau zette. Daarna gingen mijn nicht en ik voort. Iris bleef in de kamer. Die had toch minder met kippen dan ik. Mijn nicht leidde me een heuvel op. De ren was vanbuiten glimmend zwart. Het leek op de Kaäba in Mekka. Het dak stak boven de andere huizen uit. Een pad leidde ernaartoe. De geur ook.

Ze ging me voor naar het voorportaal. Er hing een glazenwassersbak aan staalkabels. Daar moesten we omheen lopen. Het ding was naar het midden gemanoeuvreerd en was daar blijven hangen. Ik hoopte dat ik die niet nodig had om daar te werken, zo'n gammele, schommelende bak. Ernaast stonden een pot bruine en een pot gouden verf en er lagen kwasten. Iemand had ze gebruikt om een deuromlijsting te schilderen om een vierkante deur die geen deur was maar een uit de wand gezaagd stuk plaat dat met scharnieren aan één kant vastzat. Er was geen deurpost of zo, behalve de schildering.

Ze duwde met haar voet de deur open. Erachter bevond zich de kippenren. Binnen was het geluid oorverdovend. De kippen renden chaotisch door elkaar. Er was een afrastering gemaakt met kippengaas, waardoor aan onze kant een kippenvrije corridor ontstaan was. Rechts in de kippenzandbak was een kippenplankje met dwarslatjes zoals in stripverhalen tegen de wand bevestigd. Dat was ook zwart. Het eindigde in een kubus. Ook zwart. Alles was zwart. Bovenaan het trappetje zat een opening. Het gaas aan mijn kant kwam tot heuphoogte. Bij mijn voeten stond een krukje. Dat krukje werd mijn plek.

Het was een gewichtig moment. De dieren voerden in één lijn terug naar mijn verhaal. Als ik geen zeventienjarige was geweest, had ik misschien een toespraak gehouden.

'Let op,' zei Esther.

Haar hand ging naar een stok met een grijper aan het eind, zoals je die hebt om papier mee van de grond te pakken. Een tijdlang keek ze naar de kippen in de ren. Ineens schoot de grijper naar voren. Kippen fladderden alle kanten op. Een zat klem tussen de twee grijpvingers. Het beest kakelde uit protest. Ze liet het weer gaan. De kip schudde haar hoofd nog wat verdoofd en liep weg.

'Nee.' Mijn nicht wachtte een hele tijd, met haar blik op een bepaalde kip gericht. De kop van de grijper legde ze in de ren, binnen de afrastering, met de steel op de rand. Het handvat hield ze losjes in haar rechterhand. Af en toe maakte ze klokkende geluidjes.

Wat er nou voor zorgde dat ze het liefst deze en niet willekeurig welke andere kip dan ook wilde vangen, dat wist ik niet. Zo op het oog was er weinig verschil tussen de uitverkorene en de rest. Hoewel, die waar ze haar oog op liet vallen, liep statiger dan die wilde druktemakers om haar heen. Ze was ook de enige die haar kop bewoog in de richting van de klokkende geluidjes die mijn nicht maakte. Toen de hen dicht genoeg bij de afrastering was gekomen, liet mijn nicht de grijper traag omhoogkomen, bewoog de klemmen om de nek en kneep die rustig dicht. De kip bleef statig en heilig, zo kwam het op me over, tenminste.

Heel voorzichtig manoeuvreerde ze de uitverkorene met de stok naar het trapje. Met in haar andere hand een stok met een nietmachine aan het uiteinde, die ze kon bedienen met een knijper bij haar hand, niette ze een A4'tje dat vooraf aan het nietje was gedaan, vast aan de linkervleugel, zonder dat er een geluid uit de snavel van de kip kwam. Daarna bewoog mijn nicht met de grijper de kip verder het trapje op, waar ze bovenaan door de opening de kubus in ging. Op het moment dat de eerste poot van de kip in de kubus stapte, klapte de bodem omlaag. De uitverkoren kip onderging ook dit in alle rust, op slechts één moment na, de eerste fractie van de seconde dat de bodem onder haar vandaan was geklapt en ze voorover in het gat was gevallen. Het andere pootje, dat nog op het trappetje had gestaan, bleef even haken. Ze had zich niet kunnen beheersen en er was een korte, paniekerige kakel uit gekomen, echt heel kort, en nog voor het echt goed gehoord kon zijn, nog voor het doorgedrongen was, was het al voorbij. Ze was weg. De bodem, of dus eigenlijk het valluik, klapte terug, weer dicht, op zijn plek voor de volgende kip.

'Snappie?' zei mijn nicht.

Zij gaf me de grijper en de stok met de nietmachine eraan. Ze wees naar een plank aan de muur met een klok erboven. Er lag een stapel A4'tjes op de plank. Het waren voorgedrukte formulieren waarop alles met de hand was ingevuld. In een doosje ernaast zaten pennen. Ze pakte het bovenste blaadje van de stapel, wees op de klok, schreef *10.16* op, liet zien waar ik *Naff* moest invullen, wachtte tot ik het gedaan had, glimlachte tevreden, streek over haar kin, zei *'Machts kodesj'* en plaatste het nieuwe A4'tje aan de tanden van het nietje aan het uiteinde van de nietmachine, steeds even naar me kijkend of ik het allemaal begreep.

'Kodesj?' zei ik.

'Heilig,' zei ze. 'Alles in orde.'

Haar rechterhand legde ze op haar hart en daarna op haar voorhoofd. De nietmachine en de grijper pakte ze van mij aan. Beide zette ze tegen de muur. Mijn hand legde ze op mijn hart en op mijn hoofd, net zoals ze bij zichzelf had gedaan.

'Kies met je hart,' zei ze.

Zat ze me nou in de maling te nemen? Had ze mijn toestand door? Zij kende die als geen ander.

'Verstehst?'

Ik schudde mijn hoofd.
'Dat komt morgen vanzelf,' zei ze. 'We gaan.'

De volgende ochtend, zaterdag, liet ik Iris achter in onze kamer, waar ik in bed hoofdzakelijk naar het plafond had gestaard, en nam het pad de heuvel op. In de ren *verstehde* ik er minder van dan ik gehoopt had. De kippen renden als gekken door elkaar. Allemaal kakelden ze even hysterisch. Er was geen systeem in te herkennen. Niet één gedroeg zich koninklijk, statig. Niet één wekte de indruk uitverkoren te zijn. Eenheidsworst. Hoe moest ik hier nou iets van maken?

Misschien kon ik er een systeem in ontdekken als ik maar bleef kijken.

Het krukje was oncomfortabel en god, wat was ik moe. En ik had veel vragen. Was het niet gek dat ik zomaar kon gaan werken als kippenzegenaar. Nam ze me in de maling met het feit dat hier kippen gezegend werden? Was dat verhaal van de ontstaansgeschiedenis van Sjetl helemaal verzonnen? Heette het wel zo? Dat soort vragen.

Hoe dan ook.

De afrastering sneed scherp in mijn kin toen ik die op het staaldraad te rusten legde.

11:23

Een van de kippen pikte in het A4'tje met haar snavel. Het duurde een hele tijd, ze ging maar door. Het ging niet statig maar snel: pik, pik, pik, pik, pik. Toen deed ze haar kop omhoog en keek naar me. Het papier zat om haar snavel. Zou dit de uitverkorene zijn?

De kop van de grijper lag achter haar. Het was een onmogelijke hoek om te maken zonder mijn kin van de afrastering te halen, wat haar zonder twijfel weg zou jagen. Ze zette een stap opzij, alsof ze het wist. En nog één. En weer. Ze stond bij de grijperkop. In een flits bewoog ik die omhoog en kneep in het handvat op hetzelfde moment dat de kip een stap naar achteren deed. Alleen het papier zat tussen de klemmen. De hen deed vlug nog een paar stappen achteruit. Het papier dwarrelde neer op het zand.

Ze keek naar me. Brucha keek naar me, zij was het en ze kwam me welkom heten.

Met de klemmen van de grijper haalde ik het papier naar me toe, ik deed het op een clipboard en schreef op de achterkant: *Brucha – ergens in 1809 geboren in Sjtetl, Oekraïne – overleden te SJTETL, Israël, in een mij onbekend jaar.* Meer wist ik niet van haar. Dat was het. Geboren ergens in de negentiende eeuw, gestorven maximaal honderdtwintig jaar later. Ze zou met Henoch naar Tjernivtsji verhuizen. Dat wist ik ook.

Onder de eerste zin schreef ik het verhaal dat mijn vader me verteld had, hoe ze naar de markt ging om kippen te halen en dat ze zei dat ik een goede vrouw moest vinden, dat dromerige types dat nodig hadden. Filosofen, rabbijnen, verhalenverkopers, dat soort types.

Brucha scharrelde naar me toe en keek naar het papier op het clipboard. Af en toe kakelde ze, misschien was het lachen, misschien was het instemming met wat er stond, met zichzelf dus eigenlijk, maar hoe dan ook. Haar blik ging van het papier naar mij, maar ze verroerde zich niet. Langzaam, je zou het voor statig aan kunnen zien, bewoog ik omhoog, het handvat van de knijper in mijn hand bewoog mee omhoog, de kop sleepte door het zand dichter naar me toe, steeds dichterbij, tot die vlak achter Brucha was. Ze keek naar me en gaf een kakel. Ik bevroor.

Een tijdlang keken we elkaar aan. Toen ik traag de knijper omhoogbewoog naar haar gebogen nek, ging ze niet weg. Het handvat kneep ik dicht met haar nek tussen de klemmen. Er was ruimte genoeg over zodat ze kon blijven ademen.

Ik deed niets tot ze er klaar voor was om zelf naar de kubus te gaan zonder dat ik haar met de stok hoefde te sturen. Het duurde een hele tijd.

God, wat was ik moe. Ik zou uren kunnen slapen, als ik maar kon slapen.

Een kakel kwam uit haar keel. Haar poten bewogen opzij. Ze was er klaar voor. Statig, de klemmen om haar nek, wat het vrijwillige karakter leek tegen te spreken, stap voor stap ging ze, schreed ze, naar het trappetje. Bij de eerste trede gaf ze een kakel, bij de tweede trede wapperde ze met haar vleugels, bij de derde verstarde ik. Het papier was ik vergeten aan haar vleugel te nieten. Met de nietmachine in mijn linkerhand probeerde ik het gehavende papier dat op het clipboard zat erop te prikken. Brucha wachtte geduldig af hoe ik de nietmachine met de stok waaraan die zat naar me toe haalde, voor me legde, bij het handvat pakte en het papier terugprikte en met links de tijd schreef: *14.18*.

Haar vleugel bewoog en het formulier, met op de achterkant het verhaaltje, daar was niets meer aan te doen, niette ik aan haar vleugel.

Ze gaf geen kik.

Op de derde trede nam ze een sprongetje, zo in één keer de kubus in en klap. Ook zij ontkwam er niet aan dat ze ongewild een kakel uitstootte op het moment dat het valluik viel. Een extreem korte kakel, maar toch.

Ik weet dat mensen nu zullen zeggen dat ik wanen had, dat mijn nicht ook wanen had, of dat ze ondanks mijn toestand een spelletje met me speelde, wat misschien kan, maar geloof me, de kippen die ik uitkoos, hadden echt een eigen persoonlijkheid. Daar was iets mee. Ze waren uitverkoren.

16:34

Er kwam weer een kip naar me toe. Het verhaal dat ik op de achterkant schreef, ging over haar. Ze had geprobeerd me iets duidelijk te maken, niet alleen dat ze de volgende uitverkorene was.

'Naff? Wat doe je daar?'

De kruk viel onder me vandaan van de schrik. Mijn kin schraapte langs de bovenrand van het kippengaas. Het A4'tje dwarrelde over de rand de ren in.

Iris hielp me aan mijn arm overeind.

'Zit je al die tijd hier?'

'Dat is mijn werk.'

'Op een krukje zitten met je kin op een afrastering? De hele dag?'

'Naar de kippen kijken en er eentje uitzoeken.'

'Voor wat?'

'Het is gênant om te zeggen.'

'Ben je oppasser? Moet je de kippen in de gaten houden?'

'Het is meer dan dat.'

'Is naar kippen kijken niet saai?'

'Na een tijdje krijgen ze een eigen persoonlijkheid.'

'Naff, wat is er met jou aan de hand?'

'Hoe bedoel je?'

'Gaat het al wat beter met je?'

Het A4'tje pakte ze uit de ren en ze las het verhaal op de achterkant van het papier.

‘Ik weet niet wat er met je aan de hand is, maar dat is een mooi verhaal. Je bent een uitzonderlijke figuur.’

‘Dat is niet altijd een zegen.’

‘Hoezo?’

Ik haalde mijn schouders op.

‘Hoezo, Naff?’

Ze keek naar me en raakte me aan. Het was anders deze keer. Anders dan bij anderen, anders dan bij mijn moeder, anders dan het bij Els was geweest. Aangenamer. Echter. Zoiets.

‘Soms ben je zo eenzaam,’ zei ik.

Ze knikte.

Ze nam mijn hand en trok me mee naar buiten, naar onze kamer.

‘Wil je eten?’

Ze ging het kleine keukentje in dat in een nis in de kamer zat. De slaapzak schoof ik op het andere bed, dat tegen de muur stond, zodat ik niet op de slaapzak zou morsen. Iris kwam met twee bordjes vol gerechten van het volk bij me: pita en *choemoes* (zo spreken ze het daar uit).

‘Hou je van choemoes?’

‘Ik eet alleen vlees.’

Het bord zette ze op mijn schoot. Het matras zakte in toen ze naast me kwam zitten. Haar eigen bord zette ze op haar eigen schoot. De pita scheurde ze in stukken. Ze haalde een stuk door de choemoes en stak het in haar mond, wat de volgende vraag niet verstaanbaarder maakte.

‘Naff. Heb jij een vriendin?’

‘In Zaandam is er iets gebeurd met Els. Ik weet niet of ze nu mijn vriendin is.’

‘Blond?’

Ik knikte deemoedig.

'Iemand die zo geobsedeerd is met Joden moet een Joodse vriendin hebben.'

Ze streelde mijn haar. Het was niet zoals de anderen het deden.

'Els was er al bij toen ik op mijn zevende het oude tekenschrift volschreef.'

'Ik wou dat ik het kon lezen.'

Ze haalde nog een stuk pita door de choemoes.

'Ik ook.'

Na het eten bracht ze de bordjes weg, deed het kaarsje uit, trok me omhoog aan mijn armen, trok mijn shirt over mijn hoofd, ontdeed me van de rest van mijn kleren en ontdeed zichzelf van haar shirt. Ze droeg geen beha. Licht van buiten streek zacht over haar huid. Zij had ronde citroentjes, geen citroentjes dus eigenlijk, uitnodigend waren ze, misschien meer grapefruits. Ze zei 'Het is zo warm hier', kroop in de slaapzak, sloeg die open en zei: 'Kom.' En toen ik naast haar lag, zei ze: 'Kom in mijn armen liggen, je moet slapen.'

Dat klonk me te moederlijk.

Een hele tijd lagen we daar zo, rustig ademend, gelijkmatig, zoals wanneer je slaapt. Eerst dacht ik dat ze erin trapte, maar toen zei ze ineens: 'Ik vind je bijzonder.'

Die nacht lag ik daar met mijn surrogaatmoeder. Ik concentreerde me op mijn adem, zorgde dat die regelmatig bleef, zodat ze niet zou ontdekken dat ik niet sliep, dat ze niet zag dat ik het strijklicht dat door het raam viel bestudeerde. En ze niet zou merken dat ik de aanraking van haar armen voelde als een loden last.

Dat ik zo moe was en dan toch niet in slaap viel! De hele nacht kwamen de kippen voorbij. En ik dacht aan mijn familie en de loeftmentsjen en het archief van Tedje in het Holocaustmuseum. Het werk dat we gedaan hadden aan de stamboom van mijn familie was zo compleet als mogelijk geweest. Dat kaartenbakje! Dat moest wat opleveren!

Door de bewaard gebleven administratie van Westerbork was de Nederlandse tak van mijn vader makkelijk te achterhalen, in tegenstelling tot de Oost-Europese tak van Henoch en Brucha, mijn moeders voorouders. Ik had alleen informatie uit het archief dat Tjernivtsji naar Jeruzalem had gestuurd.

In bed lag ik nog steeds wakker. Ik kreeg de gekste beelden in mijn hoofd. Ik lag in de sneeuw, een dalmatiër rende erdoorheen, zijn poten trok hij zo hoog mogelijk op, en dan, ineens, skiet zo'n loeftmentsj in een zwart pak langs. Nadat hij de top had gerond, kwam een rij identiek geklede mannen een voor een achter hem aan. Hun techniek was niet slecht.

Een, twee, drie, vier, vijf, zes, zeven, acht, negen, tien, elf, twaalf loeftmentsjen skieden op een rij de berg af.

De mannen draaiden rondjes en ik probeerde ze te volgen. Het ging maar door met dat rondjes draaien: rond en rond en rond en rond en rond, steeds dichterbij.

'Stop nou! Wat doen jullie hier?' brulde ik.

De voorste zette zijn ski's dwars en kwam tot stilstand. De man erachter botste erop, die daarachter knalde daar weer op. De rest viel in een poging degenen voor zich te ontwijken. Hun pakken waren wit geworden.

'Steek je arm eens in de sneeuw, Naff,' zei de voorste, die voorover op zijn skistokken hing. 'Steek hem er diep in.'

Het was maar een dunne laag. Aan mijn vingers voelde ik... ja, wat eigenlijk? Wassen kaarsen? Nee, daar was het te zacht voor. Er zaten boomstronken tussen, maar niet met een houten bast. Perkament? Nee, te droog. Oma Boma voelde zo. Haha. Nee. Oma Boma?!

Ik trok aan zo'n stronk. Een hand kwam boven de sneeuw uit.

'Gatver. *Woes ist does*?' zei ik.

Henoch duwde twee vromen uit elkaar en kwam de kring in met van die tennisrackets aan zijn voeten.

'Wat is dit, Henoch?'

Opnieuw voelde ik met mijn hand. Armen, benen, andere ledematen, allemaal kon ik het onderscheiden zoals een blinde met zijn vingertoppen kan zien.

'WAT IS DIT?'

'Je weet wat het is?'

'WAT IS DIT?'

'Denk maar na.'

'NEE!'

Zeven was ik toen ik voor het eerst een foto uit zo'n boek over de oorlog had gezien. Net voor mijn vader me over Henoch en Brucha had verteld.

Henoch begon te schreeuwen. 'KIJK OVER DE BERG, NAFF! KIJK OVER DE BERG! Alles wat er ooit was, wordt door die berg verborgen. Kijk eroverheen, dan zie je ons glorieuze verleden.'

'Henoch! Doe niet zo gek. Hou je in.'

In Het Grote Niets zijn ze wat hysterischer.

'Als je het niet doet, zie je alleen maar dat. Het is zo'n grote berg. En wij dan?'

Hij begon te huilen.

'Maar je kunt toch niet over een berg heen kijken. Dan zul je erop moeten klimmen. Is dat niet wat luguber?'

'Ga naar boven en wordt de man zonder oorlog.'

'Kan dat?'

'Als je maar doet wat je echt wilt doen.'

'Dat is een interessante non sequitur.'

'Maak je er los van.'

'Van het volk waarvan mijn ouders vinden dat we ertoe behoren?'

'Niet zo kinderachtig. Dat kan niet. Het zit in je. Van de oorlog, bedoel ik.'

'Dat kan ook niet.'

'Maak je los van de oorlog! Kijk verder terug, naar toen niemand nog wist wat eraan zat te komen. Toen we nog vrolijke chassidiem waren. KIJK ACHTER DE BERG, NAFF! KLIM OP DE BERG EN KIJK WAT ER WAS.'

'Hou nou toch op.'

Henoch sprong bij de voorste man achter op de ski's.

'Hortsik, vriend,' zei hij.

Net als in de kast skiede de karavaan omhoog, wat eigenlijk niet kon, dat had toch een signaal moeten zijn. Ze gleden over de top heen het beeld uit, terug naar het verleden waar ze vandaan waren gekomen.

Met mijn handen duwde ik me omhoog. Hé, de sneeuw was weg. Misschien had ik het daarom ineens zo warm gekregen.

Sommige mensen onder me kermden nog. Jasses. Ze hadden in die kuilen gestaan. De dalmatiër rende over de mensen. Af en toe kwam een poot klem te zitten.

Ik moest op de top gaan zitten.

Het uitzicht boven op de berg was adembenemend.

In de vallei beneden woonden vromen in kleine smurfendorpjes en lachende chassidiem liepen zingend over straat. De skiërs waren heel klein.

Heel ver achter hen in het dal kwam Brucha de poort uit en

riep iets naar me. Zonder het te horen wist ik het wel: 'Mijn man is een dromer. Doe iets nuttigs met je leven.'

'Ik droom ook, Brucha! Ik droom zelf ook.'

'Wil je een dropje?'

'Wat?'

'Wil je een dropje, Naff?'

O, dat was Iris.

'Ik heb wat in mijn koffer gevonden.'

Ze duwde me rechtop en stopte een katjesdropje in mijn mond, dat ik weer uitspuugde.

'Nou, zeg. Moet dat zo?'

'Zelfs katjesdrop is geen vlees,' zei ik. 'Ik eet alleen vlees, toch.'

Zo dichtbij rook haar huid naar vrouw, naar betovering, nog sterker dan het haar van Els, naar God. Misschien was God toch een vrouw.

Het was zondagnacht om een uur of drie toen ik het bed uit sloop. Er moet iets over me gekomen zijn. Het Grote Niets stuurde me.

In het voorportaal hing de glazenwassersbak voor de wand alsof die op me wachtte. In het bakje duwde ik de rechterhendel naar voren. De bak ging traag omhoog. Het duurde eindeloos voor ik boven was. Mijn drang was sterker dan mijn angst voor het gammele, slingerende apparaat. Vlak onder het plafond gekomen, liet ik de hendel los. De bak stopte en schommelde nog een tijdje na. Mijn vingers liet ik over de zwarte houten wand glijden. De potten gouden en bruine verf die ik bij mijn voeten had gezet, schopte ik bijna om. Het deksel wrikte ik los. De olieverf rook sterk. De kwast streek stroef. De ondergrond waarop ik H&B, Henoch en Brucha, op vier meter hoogte met de verf streek, was bobbelig als braille aan mijn vingers. Daaronder maakte ik een nieuwe tak.

Steeds liet ik de bak een beetje zakken. Stap voor stap breidde de stamboom zich uit, van twee naar twaalf naar oneindig, wijder en wijder, generatie op generatie, tot op de grond. Bovenaan met dikke takken begonnen, eeuwen geleden, bij elke volgende generatie werden ze dunner.

God, wat was ik moe.

Met het kaartenbakje kon ik ver komen in de stamboom. Die had ik bij me voor de cursus. Elf generaties zaten er tussen Henoch, Brucha en mij. Van de eerste vijf generaties waren er geen verhalen. Te lang geleden. Vanaf de zesde generatie kwamen de mensen over wie ik mythen had gehoord. De verhalen gingen vaak over het bereiden van kip of over de sjikses, nu ik er zo over nadenk. Misschien klopte het toch, was er niets misgegaan bij het doorfluisteren.

Op de wand stonden per persoon de naam, de geboorte- en sterftedatum en de relaties met de anderen: kind van, partner van.

De moeder van oma Boma heette, een beetje ordinair, Rochelle, een koosnaam in het Jiddisch voor iemand die Rachel heet.

Oma Boma paste niet meer op de wand. Op de onderste rand kon ik nog ROCHELLE boven het zand kwijt. Ik moest graven om plek te maken. Het zand was eerst droog aan mijn vingers en ook een beetje vies, later klonterig. De eerste laag kreeg ik ver genoeg weggeschraapt voor POLLINE. Zo heette oma Boma.

Eronder de namen van mijn moeder en, aangetrouwd mijn vader, en daaronder ging ik door met de rest. Steeds moest ik het zand verder weggraven om ruimte te maken, het werd weer natter en stugger, mijn nagels viezer en zwarter, ik gromde van de inspanning, en toen eindelijk was het moment daar, tada! Mijn naam was aan de beurt. Alleen, ik kwam niet verder. Net als wanneer je op school tijdens een toets de rand van het papier bereikt maar de zin nog niet af is. Geen plek voor NAFF.

As usual. De tak de andere kant op vanaf H&B werd als een spooremplacement, steeds meer sporen vertakten zich, het ging ook zijwaarts. In het voorportaal was geen plek meer, dus ging ik de hoek om naar een aanpalende ruimte, over de wand, over het plafond, over de wand, tot die tak stopte. Alle sporen liepen dood. Mijn god! Jezus de tering! Tak na tak eindigend in een Groot Niets, een doodlopende tak.

De tak waaruit ik voortkwam, was de enige overgeblevene.

Ik nam aan dat ze die stamboom hier zouden waarderen. Ik had iets toegevoegd aan Sjtetl, iets wat er vóór die berg was. Mijn kin legde ik op het randje van het kippengaas, maar nog steeds geen slaap.

07:00

De kippen renden hun rondjes. Er was er nog niet één voor me verschenen die uitverkoren was. Het deed me denken aan wat Primo Levi over de selecties in het kamp had geschreven, wat ik al zei. Daar moesten ze langs een kamparts rennen, die in die drie seconden bepaalde of je mocht blijven leven of niet. De kip was uitverkoren, dat was toch een ander soort selectie.

Een keer stond een man voor Primo in de rij. Het was een beer van een vent geweest. En die moest weg, terwijl Primo mocht blijven. Het kon niet anders dan dat de arts of zijn assistent hun kaartjes per abuis verwisseld had, dat was de enige mogelijkheid, daar was Primo van overtuigd. Het was die willekeur die hem gek maakte.

De beweging, de deinende meute, het bracht me terug in een toestand van tijdloosheid. Bam! Ineens was ze daar, wat natuurlijk niet zo was, zou ik later op de klok zien, maar ze was daar, ze keek naar me, ze had een vergevende blik, een gezegende blik. Ze liet me voelen dat alles goed was, dat het er allemaal niet toe deed, die malle tijd en die berg lijken en dat wat ervoor was geweest van waarde was en dat alles liefde was, ik was echt moe toen, weet ik nu. Boven op het lege blad schreef ik zonder mijn kin van de afrastering te halen: *HANNAH DE SHOAHKIP*.

HANNAH DE SHOAHKIP

Lieve mensen van het volk waarvan mijn ouders vinden dat ik er ook toe behoor, en misschien vind ik dat ook wel, alleen sommige dingen...
Altijd die oorlog.
Altijd die oorlog.
Altijd de ellende die het zicht op al het andere vertroebelt. Dat hóéft niet. Het leven hóéft niet deprimerend te zijn. Wat je ook is aangedaan. Het leven is een feest. Al sinds mijn zevende zoek ik naar hoe alles werkt, hoe de wereld in elkaar zit. Ik ben nog niet ver, maar dit weet ik wel: als je over de berg heen kijkt, kun je trots zijn. Of, nou ja, als je erop klimt en niet naar beneden kijkt. Je neus in de richting van het verleden draait, naar hoe we eens waren, in de tijd van Henoch en Brucha. Zelfs als je vindt dat je als

volk vernederd bent, gereduceerd tot niets door die maffe figuren in die malle tijd. Je vindt jezelf misschien onbetekenend, en je hebt gelijk, iedereen is onbetekenend in zekere zin, en tegelijk mag je trots zijn op jezelf. Kies een slogan, maak een T-shirt.

- LOEFTMENTSJ SAYS: BE A PROUD JID.
- LOEFTMENTSJ SAYS: A JID IS A JID IS A JID.
- LOEFTMENTSJ SAYS: JEW LIVES MATTER.

Accepteer wie je bent, wat anderen er ook van mogen vinden. Ik heb het ook gedaan. Ik heb de berg beklommen. Ik wist niet eens dat ik dat aan het doen was. Op de top heb ik alle kanten op gekeken, behalve omlaag. Ik zag Henoch en Brucha met hun kippenzegeningsbusiness, zag de mensen die om raad kwamen vragen, ik zag de cultuur met de sjtreimels, die iets koddigs hadden, en de sjeitels, die vaak mooier zijn dan het echte haar. Ik zag de wijsheid. De dromen.

Doe als ik. Wees trots. Jij bent degene die op de berg staat en niet een van degenen die erin ligt. Dat zegt toch ook wel iets?

Kijk niet omlaag.

Tok.

'Naff.'

Achter Hannah waren twee hennen aan het vechten, dat wil zeggen, ze pikten elkaar fanatiek waar ze elkaar raken konden met het bekende geflapper van de vleugels en getoktoktok.

'Naff!'

De kip voor me, Hannah, bleef rustig onder het gevecht dat achter haar plaatsvond. De klem deed ik voorzichtig om de nek van Hannah.

De hennen achter haar gingen nog wilder tekeer.

'NAFF!'

Het was de stem van een loeftmentsj. Hij trok de grijper uit mijn hand, liet Hannah gaan, zelfs nadat ik 'Hé, hé!' had geroepen. Hij wist hem om de nek van een van de twee vechtende hennen te krijgen en leidde haar naar het trapje. Daar pakte hij de nietmachine, hield die bij mijn klembord. Ik schudde mijn hoofd, hij schudde met de nietmachine om me aan te sporen, ik schudde weer mijn hoofd, het papier kon hij er niet zelf op krijgen. Toen pakte ik vlug een papier van de plank, een A4 zonder het verhaal dat bij Hannah hoorde, dat die man dat zelf niet begreep, en prikte het erop. Hij twijfelde, niette het toen toch aan de vleugel, wat een stuk moeilijker ging bij dit dier. Hij moest haar met de grijper tegen de grond drukken en had drie pogingen nodig voor het lukte. Eindelijk leidde hij haar de kubus in. Het gekakel hield niet op. Heel anders dan de kip van gisteren, pas toen de bodem klapte, werd het weer vredig.

'Nies feichte,' zei hij toen hij me de knijper teruggaf. Hij wees naar de kippen, wat nogal overbodig was in deze ruimte. *'Verstehst? Kodesj.'*

'Ja, kodesj. Hannah. Kodesj.'

Ik wees naar haar.

'Ja, kodesj. Alle kodesj,' zei hij.

'Hannah kodesj.' Ik wees naar de kip die voor me stond en naar me keek. We hadden duidelijk een ander idee bij wat kodesj betekende.

Hij zuchtte en liet het voor wat het was. Bij de deur zei hij nog één keer: 'Kodesj', op minder overtuigde toon dan eerder, alsof hij het niet helemaal vertrouwde, maar toen ging hij toch.

Hannah stond nog steeds bij me. Als ik niet eerst het papier op de nietmachine zou doen, moest ik het later doen met mijn handen vol. Met de grijper plakte ik het op de nietmachine. De klemmen van de grijper manoeuvreerde ik om Hannahs nek. Ze gaf een korte kakel. Ik leidde haar naar het trappetje, niette het papier vast, en daarna voort met haar, de heilige zwarte kubus in, gevolgd door de klap van de bodem. Haar kakel was net als bij de eerste uitverkoren kip: statig en kort.

Op de klok stond 13:30 uur. Ik vond het wel genoeg voor vandaag.

In de kamer was niemand. Het bed was leeg. Mijn T-shirt deed ik uit. De slaapzak voelde zacht aan mijn naakte rug. Het bed bestond uit een ijzeren frame met een plank waar het matras op lag. Het was hard aan mijn rug. Dat had ik die nacht niet gemerkt.

Mijn hoop te slapen kwam niet uit.

Het plafond hield me wakker. Het zat vol gedroogd wc-papier dat iemand er nat tegenaan gegooid had. Buiten liepen loeftmentsjen. Ik probeerde me voor te stellen dat die berg lijken niet bestond. Dat die mensen rondliepen zonder dat die oorlog er was geweest, of op zijn minst zonder enige kennis van die tijd. Hoe zou dat zijn? Stel dat we met een schone lei begonnen? Stel dat we 31 december 1987 namen als de laatste dag dat we herinneringen aan de oorlog hadden. 1 januari 1988 wordt Tabula-rasadag. Daarna: geen herdenkingen meer, geen geschiedenisboekjes meer. Iedereen die na die dag geboren wordt, zal een onbeschreven blad zijn. Hoe zal de geschiedenis zich dan voltrekken? Wordt de wereld een liefdevol paradijs?

Misschien een gegeven voor een verhaal: 'De man zonder geschiedenis'.

Als ik maar even kon slapen, zodat alle gedachten niet zo chaotisch waren, zodat ze ordelijk werden, gehoorzaam aan mijn wil, aan mijn doelen, dan kon ik het opschrijven.

'Naff, je bent er. We moeten naar Tel Aviv! Waar heb je gezeten? Toch niet weer bij die kippen?'

Iris kwam naar het bed en bekeek me.

'Ik heb vanochtend één kip uitverkoren.'

'Wat?'

'De loeftmentsj die daar af en toe komt, ook één. Maar die kip vond ik niet geschikt. Die was aan het vechten.'

'Grapjas. Maakt het dan uit welke kip je selecteert?'

'Ik doe mijn best. Het is niet makkelijk ze te herkennen.'

'Moet dat niet steekproefsgewijs? Ze zijn toch allemaal koosjer?'

'Ze bieden zichzelf aan me aan. Ik schrijf op wat ze me willen zeggen.'

Ze begon haar spullen in te pakken.

'Iris, zou het niet beter zijn als mensen niets van de geschiedenis wisten, dat ze als een onbeschreven blad leven? Weg met die oorlog en al die ellende.'

'Veel Joden zwijgen over de oorlog tegen hun kinderen. Dat geeft ook weer problemen. Kinderen voelen dat er iets is, iets waar hun ouders altijd aan denken maar waarover niet gesproken wordt.'

'Iedereen van het volk heeft een verhaal over hoe zij of hun ouders de oorlog overleefd hebben. Die verhalen en degenen die ze juist niet kunnen navertellen houden me bezig. Ze lopen zo uiteen. Van onderduik in Friesland tot geruild worden tegen schilderijen.'

'Naff, wat wil jij eigenlijk van het leven? Ik kan je niet goed peilen. De meeste mensen kan ik doorzien, maar jou niet.'

‘Is dat waar je over schrijft in je schrift?’
‘Ook.’
‘Ik schreef over blonde sjikses door wie ik betoverd werd.’
‘Ik kan je ook betoveren.’
Ze kwam naast me liggen. Haar hand schoof ze naar beneden, aaide mijn sjlongel, die er gepast op reageerde.
‘Maar dat doe ik niet. Dat zou te goedkoop zijn, te makkelijk.’
Haar hand schoof ze weer terug. Mijn sjlongel reageerde teleurgesteld.
‘Misschien als we ooit echt iets met elkaar hebben, Naffie.’
‘Met Els heb ik een keer iets gedaan. Toch was het alsof ik verraad pleegde aan het volk van mijn ouders. Dat is toch belachelijk?’
‘Je kunt niet kiezen op wie je verliefd wordt, Naff, en je kunt niet kiezen bij welk volk je hoort. Laat het zijn gang gaan.’
‘Ik behoor niet tot de loeftmentsjen. Dat is te veel generaties geleden.’
‘Tja.’
‘Mag ik je borsten strelen?’
‘Is er een verband met het voorgaande?’
‘Misschien indirect.’
‘Als je het met beleid doet, mag het wel even.’
Haar huid was zachter dan die van Els en minder schubbig.
‘Genoeg. We moeten gaan. Pak je spullen in.’
‘Vind je het oké als ik hier nog een dag blijf? Dan kom ik morgen.’

Het kwam door de slapeloosheid dat ik zo gek deed, dat moest wel. Ik liep als een zombie door de kibboets. Mijn gedachten waren chaotisch tot zich een verhaal vormde. Aan een picknicktafel, waar ik langskwam op weg naar de kippen, heb ik het opgeschreven. Ik had een boodschap voor de loeftmentsjen. Het papier deed ik in mijn broekzak. Om zeven uur liep ik terug naar de kippen en ging ik op mijn krukje voor de afrastering zitten. De kippen werden er wild van. Na een minuut of tien waren ze alweer rustig geworden.

Die avond ben ik nog terug naar mijn kamer gegaan. Om te rusten. Slapen ging nog steeds niet.

Woensdagochtend, toen ik allang weer op mijn krukje in de ren zat, was er om 11:11 uur rumoer achter me. Het krukje viel om toen ik opstond en me omdraaide. Vergezeld van een gedienstige loeftmentsj kwam er een nogal indrukwekkende man naar binnen. Hij zag eruit als een rabbijn, misschien was hij de Henoch van nu.

De loeftmentsj wees naar mij, zei *'Does ies Naff'* en ging zelf bij het plankje aan de rand iets met de formulieren doen.

De rabbijn kwam naar me toe.

'Dag jongen.'

Ik knikte. Dat leek me gepast.

'Weet je wie ik ben?'

Ik schudde mijn hoofd.

'Ik ben de sjoumer. Het is mijn taak te garanderen dat de kopers van de kippen erop kunnen vertrouwen dat ze koosjer zijn. Jij komt uit Amsterdam, toch?'

In het Nederlands dat hij sprak, hoorde ik een Hebreeuws accent.

Ik knikte weer.

'Vroeger heb ik in Utrecht voor dierenarts geleerd. In het Nederlands. Dat was wennen. Maar ik had het snel door. Mijn opa was Nederlands.'

Ik knikte weer.

'Je hoeft niet verlegen of bang te zijn, Naff. Ik heb geen probleem met je.'

'Aha,' zei ik.

'Heb jij dat hiernaast op de muren geschilderd?'

Zat hij me nou in de maling te nemen?

'Wanden. Het zijn wanden,' zei ik, wat waar, maar niet relevant was.

'Voor je weggaat, moet je het overschilderen. We houden niet van graffiti.'

De tak onder mijn ouders, daar stond niets, een naam ontbrak. En die van mijn broer, maar dat was niet belangrijk. Die ene naam zou ik nog invullen.

'Moet ik weg, dan?'

'Wil je hier blijven?'

'Nog wel even, ja. Het is hier prettig bij de kippen. De stamboom zint me ook.'

'Als je blijft, mag je niet meer op de controlepapieren van de steekproefkippen schrijven. Er stond een verhaaltje op.'

Ik knikte deemoedig.

'Wat maakt het eigenlijk uit of ik op de achterkant van die papieren schrijf?'

'Iemand heeft het verhaaltje in het Hebreeuws vertaald en overgenomen op de achterkant van de koosjerverklaring van de kippen die gisteren geslacht en uitgeleverd zijn. Het past niet echt bij onze producten. We zijn neutraal.'

Dat moet mijn nicht zijn geweest.

'Hebt u klachten gekregen?'

'Nog niet. Wie weet komen die nog. Was Henoch een bestaande persoon?'

Hij zat me nou toch echt in de maling te nemen.

'Ik ben familie van hem. Daarom mag ik dit werk toch doen?'

‘Denk je?’

Hij keek heel moeilijk naar me.

‘Wat wilt u dat ik doe? Moet ik stoppen met werken hier?’

‘Nee, jongen, absoluut niet, maar laat de controlepapieren met rust. Alleen de kippen scheiden als het nodig is, het papier vastnieten en de tijd noteren. Dan komt het goed.’

‘Hoe weet u dan wat de persoonlijkheid van de uitverkoren kip is?’

‘Ik hoef verder geen informatie, behalve wat er al op het papier staat en het tijdstip. Sterkte. Je ziet er moe uit.’

Een hen kwam voor me bij de afrastering en negeerde de drukte achter zich. Ze bleef naar me kijken. Mijn kin legde ik weer op de afrastering. Ik wist gewoon wat de kip me wilde zeggen, wie ze was, wat ze me duidelijk wilde maken. Ik kon me niet inhouden. Op de achterkant van het formulier dat aan de beurt was, schreef ik dat wat ze de mensen wilde zeggen.

DE KIP OP DE BERG

Die middag was er een vechtpartij tussen twee hennen. Van agressieve figuren moest ik niets hebben. De hennen bleven vechten. De loeftmentsj kwam met een geagiteerde blik de ruimte in, deed zelf een papier op de nietmachine, greep een van de twee kippen met de grijper en voerde die af terwijl ze wild fladderde en krijste, wat het niet makkelijker maakte om het papier eraan te nieten. Daarna ging de man weer. Hij zei niet eens wat tegen me.

Om 14:12 uur had ik zelf nog een kip uitverkoren. Om 15:30 uur verliet ik de ruimte. Het was wel weer even genoeg zo.

Vijf dagen later, het was maandagochtend, ging het niet zo goed met me. Ik pakte in de hal naast de kippenren de kwast en de gouden verfpot. Terug in de ren stapte ik over de afrastering naar de hijsbak die daar ook hing. In elke ruimte was er één. Midden op het zwarte plafond verscheen in grote letters: NAFF 30-03-1970 TOT 21-07-1987.

Dat was de datum van die dag. Misschien was ik alleen van plan geweest te protesteren tegen het feit dat ik niet meer mocht schrijven en werd ik in mijn eigen plan meegezogen. Als ik niet mocht schrijven voelde ik me leeg, of misschien was ik vol en moest ik leeg maar ging dat niet. En als ik zelfs hier mezelf niet kon zijn, waar dan nog wel? Ik wilde liever hier blijven dan terug naar Nederland gaan. Uitgerekend deze plek had een toevluchtsoord moeten zijn, maar ook hier hoorde ik er niet echt bij. Ik keek naar beneden en ik zat net te berekenen of het te doen was met een touw en die bak en dan gewoon springen, toen de rabbijn binnenkwam. Hij wees naar het plafond en riep: 'Nu moet je alleen maar meer overschilderen.'

Hij bleef beneden staan wachten. Toen ben ik gedaald. Het kon ook nog als hij weer weg was.

'Er zijn klachten gekomen,' zei hij.

'Klachten? Ik heb niets meer geschreven.'

'Daar zijn vreemd genoeg de klachten over. Mensen missen wat je op de formulieren schreef. Ze willen weten wat de kippen te zeggen hebben.'

Mijn nicht verscheen achter hem. Ze glimlachte te nadrukkelijk.

'Woes?' zei ik.

'De verhalen heb ik op de kasjroetverklaringen vertaald. Ik weet ook niet waarom.'

'Je bent me er eentje.'

'Ja,' zei ze.

'Ik weet niet of het verstandig is,' zei ik.

'Dat is het zeker niet. Doe je het? Schrijf je weer wat de kippen te zeggen hebben?'

She was humoring me, zouden Engelsen gezegd hebben.

Ach ja. Waarom ook niet?

Voor de zekerheid haalde ik het formulier waar ik eerder een verhaal op geschreven had uit mijn broek en zo kon ik alsnog de kip zegenen die al die tijd geduldig in de ren had gewacht.

De dierenarts-rabbijn keek tevreden.

Uit de eetzaal haalde ik een blad eten en zette het in mijn kamer op een van de bureautjes, waaraan Iris op me bleek te wachten.

'Ben je er alweer?'

Ze had de cursus even verlaten om naar mij toe te komen.

'Het is geen gevangenis. Ik kom af en toe een dag bij jou zitten schrijven. Het meeste doen we toch zelfstandig.'

'Hoe is Schrijven over de Shoah?'

'Veel in het archief zitten en mappen doornemen. Ongeveer net zo leuk als de hele dag naar kippen kijken.'

'Je raadt nooit wat me vandaag is overkomen in de kippenren,' zei ik.

Het blad schoof ik tussen ons in.

Het hele verhaal over die verhaaltjes op de koosjerverklaring van de kippen hoorde ze met een glimlach aan.

Ze boog naar me toe, aaide me over mijn hoofd en over mijn sjlongel.

Zwijgend aten we het bord leeg.

'Ik ga even douchen.' Ze zei het en ze deed het.

Ik waste mijn handen in het keukentje en wachtte op de rand van het bed.

'Ga je ook even douchen?' zei ze met een handdoek om haar hoofd gewikkeld in de deuropening. Dat was het. Ze had verder niets aan.

'Naff, hoe is het met Els?' Ik liep op dat moment de douche in en draaide me om.

'Wie?'

'Precies.'

Ze reikte me mijn handdoek aan.

'Toe maar, Naffie.'

'Wat?'

'Douchen.'

'O ja.'

Toen ik na het douchen terugkwam, zat ze naakt op bed en gebood me bij haar te komen.

Het ging heel anders dan toen met Els. Alsof het zo hoorde, wat we deden. De details zal ik voor me houden, maar het zoenen was al voldoende geweest als ze me niet had meegenomen naar wat daarna kwam.

Slechts heel kort dacht ik aan Leon en of ze met hem ervaring had opgedaan of dat het haar gewoon van nature aan kwam waaien of dat het was omdat we van hetzelfde volk waren en het daarom zo natuurlijk ging.

Steeds opnieuw pakten we de draad weer op, begonnen we van voren af aan. Tot ze in slaap was gevallen in mijn armen. Het was donker toen ik mijn ogen sloot. Toen ik ze weer opendeed was het licht.

Zij lag niet naast me.

Er stond een bord koud vlees naast het bed.

Ik deed nog even mijn ogen dicht. Toen ik ze opendeed was het weer donker achter het raam.

Zij zat aan het bureautje te eten. Links lagen een open map en haar schrift. Aan de andere kant van haar bord stond nog een bord, daarop lag alleen vlees.

'Slaapkop,' zei ze toen ik omhoogkwam. 'Je hebt lang geslapen.'

'Doe niet zo gek.'

'Bijna drie dagen.'

'Drie dagen?! Misschien had ik het nodig.'

'Ik had je betoverd. Beter dan die Els.'

'Absoluut. Hoe was het voor jou?'

Ze kwam naar me toe, boog zich over het bed en kuste me.

'Ja, wat denk jij dan?'

'Ik denk te veel. Dat is mijn probleem.'

Iris vertelde me nog net toen ik die ochtend op het punt stond naar de kippenren te gaan dat terwijl ik sliep de dierenarts-rabbijn langs was geweest om om meer verhalen te vragen. En dat ze naar het Holocaustmuseumarchief terugging om materiaal te halen. Dat was twintig minuten met de bus.

In de ren renden de kippen even chaotisch als altijd. De afrastering onder mijn kin was pijnlijker dan die eerder was geweest en het krukje was hard aan mijn billen. Misschien had bij mijn eerdere diensten het slaapgebrek me verdoofd, dat wil zeggen, misschien had het pijnverzachtende hormonen vrijgemaakt of iets dergelijks.

Het klembord zat nog steeds op de plek waar ik het aan de afrastering had vastgemaakt. De klem knalde hard terug nadat ik die helemaal omhoog had getrokken, er een formulier onder had geschoven en hem weer had losgelaten. De kippen dansten voor me als altijd. Chaotisch, wild, kakelend, fladderend, soms pikkend. Het lukte me niet te blijven zitten. Steeds wilden mijn benen zich even strekken, wilden mijn benen zich terug naar de kamer begeven, terug naar haar. Maar ik had de verplichting, al was het maar aan mezelf, een verhaal te leveren op de achterkant van het formulier. De klok die anders ongemerkt voortging, die als ik opkeek van de afrastering ineens op drie uur later stond zonder dat ik door had gehad dat de tijd was verstreken, ging op dat moment traag. Als ik er ongeduldig naar keek, waren er soms maar een paar minuten voorbijgegaan.

Er was iets vreemds met de kippen. Niet een had een eigen persoonlijkheid meer. Niet een kwam naar me toe om zich uit te laten verkoren.

Kom op, Naff, verman jezelf. Kies een kip. Schrijf haar verhaal.

Er kwam niets.

Er was wel een verhaal, dat ergens in die bijna drie dagen dat ik geslapen had in me opgekomen was.

In tien minuten had ik het opgeschreven.

KIP VAN LIEFDE

Toen twee kippen vochten, greep ik de grootste met de grijper, niette het formulier met het verhaal aan de vleugel en leidde haar onder luid gekakel de kubus in, weinig gracieus was ze.

Na een uur was ik terug in de kamer.

Iris was nog niet terug. Dan maar wat eten. In de eetzaal was er nog geen avondeten. Na een afdaling van de top van de heuvel waar Sjetl op lag, een wandeling door de vallei en langs de andere kant weer naar boven – de bus zag ik de weg naar boven op rijden – schepte ik eindelijk in de eetzaal twee borden eten op en nam die mee naar onze kamer.

Iris was even op bed gaan liggen. Een van de twee bureautjes lag vol met het materiaal uit het archief dat ze had opgehaald en voor de cursus gebruikte. De borden maakten geen geluid toen ik ze op het andere bureautje zette. De douche was verfrissend. Dat kwam ook doordat er meestal geen warm water was. Ik realiseerde me drie dingen.

Sinds ik geslapen had, zat ik niet meer in Het Grote Niets. Dat miste ik.

De kippen zoals ze eerder waren geweest, miste ik.

Haar aanraking miste ik.

Dat laatste was het makkelijkst op te lossen.

Alle drie oplossen kon niet.

Om in Het Grote Niets te komen moest ik me in een toestand bevinden tussen slapen en waken. Misschien hoefde het niet zo extreem als daarvoor, wellicht was het voldoende een nacht over te slaan, 's ochtends naar de kippen te gaan, de nacht te blijven waken, net zo lang tot ik voldoende in Het Grote Niets zou zijn gekomen om de uitverkoren kip te herkennen en haar verhaal te zien. Seks hielp daar niet bij.

Iris werd wakker toen ik naakt in de slaapzak kroop.

'Naffie. Mijn held. Hoe ging het vandaag?'

'"Kip van liefde", heb ik geschreven.'

'Wat denk je dat precies jouw taak daar is?'

'Dat weet je best.'

'Ik weet het wel, maar weet jij het ook?'

'Alleen een nazaat van Henoch en Brucha kan de uitverkoren kippen herkennen.'

'Meen je dat? Geloof je dat?'

'Die overtuiging is wat afgenomen sinds ik geslapen heb, maar in zekere zin wel, ja.'

'Het is een mooie gedachte. Dat vind ik zo leuk aan jou, Naff. Zelfs van een baantje als waker over kippen weet je iets bijzonders te maken.'

Ze streelde mijn sjlongel. Een beetje direct, maar vooruit.

En van het een kwam het ander.

De volgende dag in de kippenren had ik hetzelfde probleem als eerst: de onrust, de klok die kroop. Ik nam me voor te blijven tot ik de rust had de uitverkoren kip te herkennen. De hele dag ging voorbij en die nacht wakend was het nog steeds niet zover. Mijn kin rustte op het randje, slechts onderbroken door wc-bezoek. En toen, eindelijk, de volgende middag, na zesendertig uur waken, kwam het. Een hen kwam voor me staan en ik wist wat ze me wilde zeggen.

17:15

Iris zat aan het bureautje te schrijven.

'Waar was je vannacht, snoodaard? Ben je bij de lokale kippetjes geweest?'

'Tot er een uitverkoren was.'

'Ik hoop dat je een grapje maakt.'

'Ik heb gewacht op het juiste kippetje.'

'Grapjas.'

'Het duurde even voor ik haar herkende.'

'Was je daar de hele nacht?'

'Yes. En de middag. Tot vijf minuten geleden. Toen kwam ze voor me staan en wist ik meteen wat ze wilde zeggen.'

'Naffie, volgens mij is slaapgebrek niet goed voor jou.'

'Het is beter dan drugs. Althans, dat hoop ik.'

'Gekkie.'

Ze verplaatste zich naar het bed.

'Kom je bij me liggen?'

'Als ik dat doe, val ik weer in slaap. Dan komt er geen hen naar me toe en zie ik niet wat ze me wil zeggen.'

'Morgen is de terugvlucht. Vandaag was de laatste cursusdag en jouw laatste werkdag.'

Ze klopte op het matras. Het deukte in onder mijn billen.

'Beter.' Ze aaide me over mijn sjlongel.

'Niet doen. Ik meen het.'

'Wat doet het ertoe? Je gaat toch niet meer naar de kippen toe.'

'Ik zat erover te denken om te blijven. Ze hebben mijn verhaaltjes nodig. Hier kan ik me nuttig maken.'

'Doe normaal.'

'Wie moet het anders doen?'

'Wat dacht je van niemand? Of een schrijver van hier, als ze werkelijk die verhalen willen.'

'Het zijn *fortune chickens,* Iris.'

'Grapjas.'

'Echt, geloof me. Dat doen ze met wat ik bij de kip schrijf. Gezegende kippen met een verhaal. Dat kan alleen ik doen.'

'En ik dan?'

'Ik kom weer bij je. Alleen nu nog even niet. Als de honger naar verhalen van de kippen in het land gestild is.'

'Kies je dat boven mij?'

'Ik kies beide. Kun jij het Els vertellen als je terug bent?'

'Je kunt niet beide kiezen, vanwege de afstand. En hoe ga je dat doen? Je kunt toch niet zomaar hier blijven zonder visum? En dat staan je ouders ook niet toe.'

'We zijn van hetzelfde volk. Dat geeft me recht op een paspoort.'

'Je hebt erover nagedacht.'
'Het ging vanzelf.'
'Kom je vannacht bij me liggen? Ik zal je niet aanranden.'
Het bed kraakte toen ik me bij haar in de slaapzak wurmde. Een hele tijd lag ik tegen haar aan. Toen bedacht ik dat als ze wegging, we best een afscheidsritueel konden doen, iets wat de leegte kon vullen zolang we gescheiden waren, tot we weer ooit samen zouden zijn. Ze hoefde nog maar één jaar naar school. Daarna kon ze bij me komen. Dat had ik nog niet eens tegen haar gezegd. Dat wilde ik de volgende ochtend doen.

Toen ik weer wakker werd, waren zij en haar spullen verdwenen.

Weer thuis

Ik ben er uiteindelijk maar kort gebleven.

Naarmate er meer verhalen omhoogkwamen, werd de onrust in me minder. Het lukte me zelfs af en toe te slapen. Een paar uur. Niet te lang, om het niet helemaal kwijt te raken. Er daalde een soort rust op me neer. Vrede. Hier was ik op mijn plek. Ik was mezelf en tegelijkertijd onderdeel van het volk. Toen kwam die brief van mijn moeder op van dat blauwige luchtpostpapier.

Lieve jongen,

Ik heb zoveel vragen. Wat zat je toch dwars? Waar kwamen die verhalen vandaan? Komt dat allemaal door die tijd?
Het spijt me dat het je zo beïnvloed heeft dat er allemaal gekke, verwrongen verhalen uit je kwamen.
Ik had er moeite mee dat je er zo mee te koop liep. Het is niet verstandig zo naar buiten te treden. Kijk maar naar mijn vader. Hoe dat afliep toen hij naar voren trad. We zijn net terug van Sumatra. We weten nu hoe het is gegaan. Goed dat je met die verhalen gestopt bent.
Ik kan ook verhalen schrijven. Er was eens een jongen die gekke dingen schreef. Zijn moeder wilde hem beschermen

tegen de gekte die uit hem omhoogspoot en behoeden voor de reacties van de mensen daarop en een leven in eenzaamheid bij vreemden of zelfs alleen.
Nou goed, er zit niet veel opbouw in, maar het is wel waar het om draait.
Ik hoop dat je het naar je zin hebt op de cursus en bij je nichtje. Ik hoop dat het je helpt op die manier te schrijven. En ik heb een verrassing voor je als je terug bent.

Ik hoop dat het klaar is met dat meisje Els. Je kunt niet bij vreemden wonen, bij eeuwige sjikses, je zult je nooit helemaal thuis voelen bij zo iemand op het niveau van Het Grote Niets, zoals je het zelf noemt. Dat kan alleen met mensen van je eigen volk. Het Grote Niets wordt ver voor je zevende gevuld met de basis, met wat ertoe doet, met wat je volk al duizenden jaren meedraagt, het mooie en het lelijke, en dat mist zo'n Miesje. Dat is niet in te halen, hoe lief zo iemand ook is, of fascinerend, of pervers, want ik heb het idee dat het een pervers Miesje was, die Els van jou, dat zag jij niet, je kent haar al bijna je hele leven, maar een moeder ziet dat meteen, hoe ze daar lag met dat korte rokje op de bank en jij met je neus in haar kruisje.
Man, man, man. Ze heeft je vast heel maffe dingen laten doen, waar je HOPELIJK *niet over gaat schrijven nu je met een ander bent, ook dat* HOOP IK.
Een goeie reis.

Mama

Ze had via de reisverzekering mijn ticket laten omboeken. Terug in Nederland kreeg ik mijn tekenschrift van haar terug.

Toen moest ik mijn school wel afmaken, ook al had ik daar geen zin in. Afspraak is afspraak.

Maar voor het zover was, sloot ik me in mijn kamer op en ben ik dit gaan schrijven. Ik had nog drie weken de tijd. Mijn moeder klopte af en toe op de deur om me naar buiten te lokken.

'Kom je eten?'

'Nog even, mam.' Ik liet niet merken wat ik aan het doen was, maar ze had vast een vermoeden en liet me verder met rust. Gisteren heb ik Iris uitgenodigd. Ik vertelde haar hoe het gegaan was, dat ik terug was gekomen en dat ik mijn school af moest maken.

'Wil je het niet ook voor jezelf doen? Wil je niet studeren?'

'Ik wil mijn verhalen schrijven.'

'Nu we het er toch over hebben.' Ze stak haar hand uit, waar ik mijn hele verhaal tot mijn vertrek uit Sjetl in legde.

Zij las, ik wachtte, ik ijsbeerde, ik las mee over haar schouder. Soms zei ze er iets over. Over halve citroentjes. Over Leon, met wie ze niets had gehad. En over KIJK OVER DE BERG!

'Dus jouw oplossing is om op de berg te gaan staan, niet naar beneden te kijken, alleen terug naar het verleden, toen je voorouders nog groots waren?'

'Precies.'

'En die malle tijd negeren?'

'Exact.'

'Doen alsof die er niet geweest is?'

'Genau.'

'Een vraagje: hoe helpt het je vérder om over de berg te kijken naar het verleden, toen er nog trots was? Hoe helpt het je vérder in de toekomst?'

'Verder?'

'Hoe helpt je dat om door te kunnen? Hoe helpt het die

mensen die aan niets anders kúnnen denken. Of niet eens die mensen zelf. Hoe helpt het ons verder?'

'Verdomd, daar zeg je zo wat,' zei ik.

Op zich was ik heel ver gekomen door alleen maar over die berg te kijken naar het verleden. Ik had een geschiedenis, een oorsprong, ook zonder die oorlog, maar ze had ook gelijk. Waar lag mijn toekomst? Onze toekomst? Hoe moest het volk nu verder? Het was misschien niet zo dat mensen niet geholpen wilden worden om van die oorlog af te komen, er was voor hen geen ontkomen aan. Ze hadden geen idee hoe ze ervan af moesten komen. Die realisatie ontmoedigde me gek genoeg helemaal niet. Eerder het tegenovergestelde.

'En wat is je antwoord?'

'Dat wil ik uit gaan zoeken!'

'Dan moet je wel eerst je school afmaken.'

'Ja, ma.'

Zo werd het natuurlijk nooit iets tussen ons.